戦国ベースボール

本能寺の変ふたたび!? 信長vs光秀、宿命の決勝戦!!

りょくち真太・作
トリバタケハルノブ・絵

集英社みらい文庫

桶狭間ファルコンズ OKEHAZAMA Falcons

5番・セカンド
十文字槍の名手
真田幸村
2番・センター
伝説の女地頭
井伊直虎
6番・ショート
折れないチームプレー
毛利元就
3番・レフト
最強のかぶき者
前田慶次
1番・ライト
強肩好守の猿
豊臣秀吉
7番・サード
すて身の独眼竜
伊達政宗
代打
粘りの名人
徳川家康

本能寺ファイアーズ
本能寺Fires
3番・ファースト
悲しき裏切り者
明智光秀
4番・ピッチャー
点とり物語
斎藤道三
1番・センター
生まれ変わったダメなヤツ
松永久秀

7番・サード
浅井長政
敗れ去った仲よしこよし
6番・ショート
朝倉義景
2番・セカンド
愛されるのも楽じゃない
細川ガラシャ
9番・キャッチャー
不滅のスピリット
加藤清正
8番・ライト
四国のリベンジャー
長宗我部元親
5番・レフト
七難八苦を願っちゃった
山中鹿介

戦国ベースボール

SENGOKU-BASEBALL

本能寺の変ふたたび!? 信長vs光秀、宿命の決勝戦!!

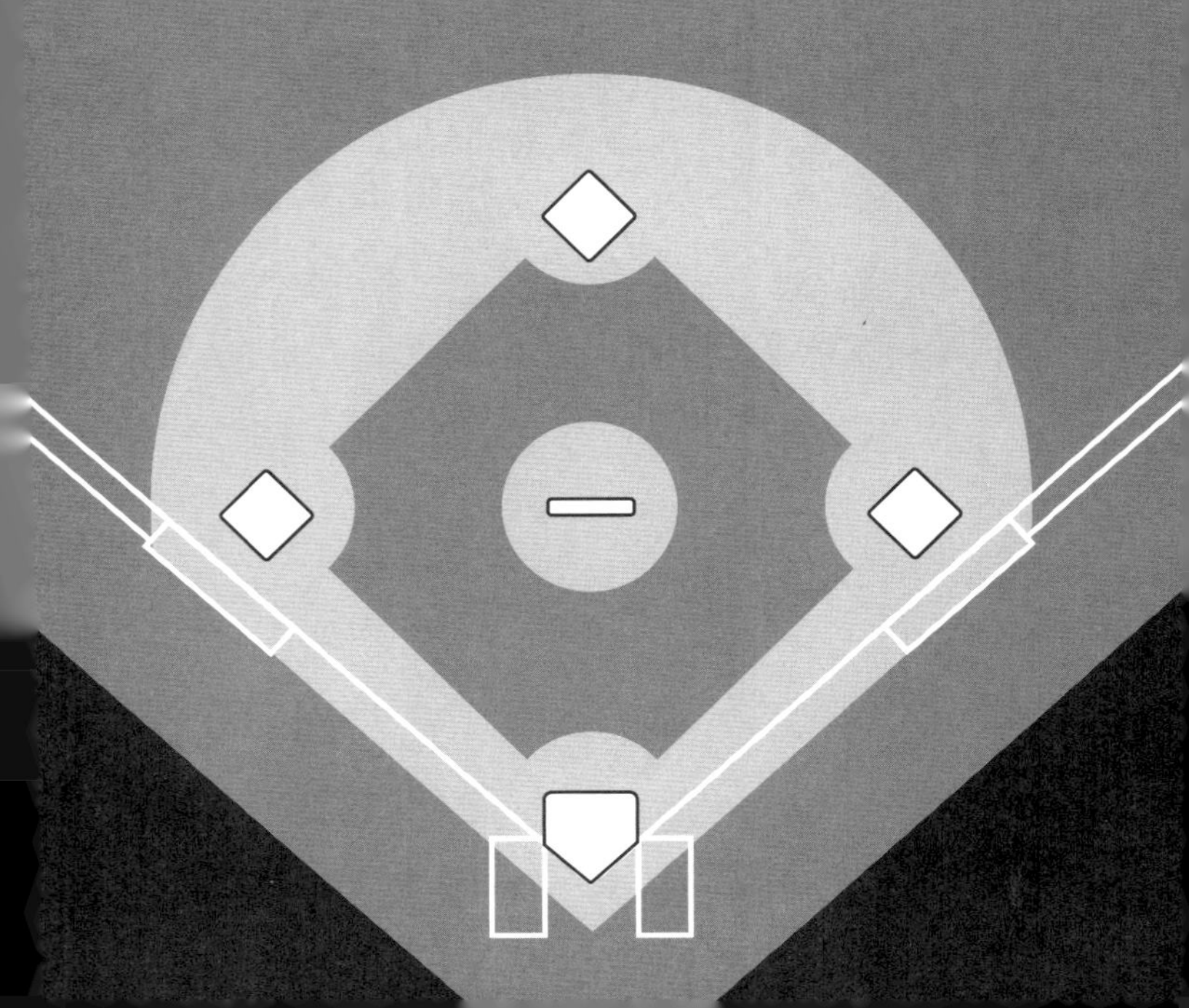

1章　謎の男!?

地獄甲子園決勝!!

織田信長 vs 明智光秀

400年越しのリベンジマッチ!

試合開始までもうしばらく
お待ちください

遠いむかし、戦国時代。当時の日本は乱れていました。世の中を支配していた幕府の力が弱まっていたためです。

戦国武将たちは、自分こそ平和な世をつくってみせる、と戦をくりかえしましたが、それはかえって民衆をくたくたにつかれさせていました。

やがて地上はたくさんの犠牲の上に平定されますが、しかし戦国武将たちは死んで地獄にいってしまっても、そこを安らぎのある場所にする、といってあらそいをやめません。

でも、彼らは現世で学びました。合戦では犠牲を生むだけ。

そこで戦国武将たちは考えます。せめて地獄ではそれをなくしたい。同じ戦争でも、せめて平和的にあらそいたいと。

そして地上でおこなわれている、あるスポーツを見て思いつきました。これなら平和を乱さずに戦ができて、しかもおもしろそうだ。

そうして彼らが選んだあらそいの手段が、野球でした。

地獄

今日の地獄はいつになく、みんながソワソワしていました。

地獄のお役所は、会社や学校があれば混乱が起こると考え、この日を祝日にしていましたが、だからといって誰も外をであるいたりはしていません。

なぜなら今日は地獄甲子園の決勝戦。

そしてまさにいま、グラウンドでは試合直前のセレモニーがおこなわれているのです。

地獄甲子園近くの住人はみんなスタンドへ詰めかけ、遠くに住むひとは朝からテレビにかじりついています。だってこの決勝戦のけっかしだいで、現世はおろか地獄の歴史まで変わってしまうのですから……。


「ママー、はじまっちゃうよう」

子供鬼がテレビを見ながら、ママ鬼をせかしました。

すると洗いものをしていたママ鬼は「はいはい」と、エプロンで手をふきながらリビングにやってきます。そしてテレビの前で、よいしょといすに座りました。

「いよいよはじまるわねえ、地獄甲子園の決勝戦」

「そうだよ、ママ。のんびりしてちゃダメ。セレモニーがはじまるところなんだから」

ふたりはテレビを見ながら話します。

テレビ画面の中では真っ暗やみの中、スポットライトをあびた赤鬼がマイクを持ち、

「それではぁ、両チームゥ、キャァプテンの入場でぇす」

と、グラウンドのど真ん中で、声に調子をつけていいました。ノリノリで、マイクをにぎる手の小指をたてています。

「まずはぁ、一塁側ベンチィ、本能寺ファイアーズゥウゥ……」

赤鬼がためをつくって手をのばすと、お客さんの歓声がうずをまきます。画面には『いまこそ恨み晴らすとき』と、カッコいいプロモーション映像がサッと流れ、そして、

「復讐の魔神！　あけーちー！　みつーひでー！」

と、赤鬼が絶叫とともに紹介すると、明智光秀が歓声を受けとめるように両手をあげ、

ベンチの中からもったいぶって登場しました。顔にはよゆうの笑みをうかべています。

「つづきましてぇ、三塁側ベンチよりぃ、桶狭間ぁファルコンズゥ……」

つぎに赤鬼は逆方向へ手をのばします。するとカメラもそちらに移動し、

「戦国の魔王！　おだー！　のぶーながー！」

こちらも『ぜひにおよばず』と、プロモーション映像がカットインしたあと、信長が腕をくみ、きびしい表情で登場しました。マントをはためかせ目をギラリと光らせます。

「ママー、ぼく、このオジさんこわいー」

テレビに釘づけだった鬼の子供は、あわててママ鬼にぎゅっとだきつきました。

「あんたが人間をこわがってどうすんの！」

と、ママ鬼は怒りますが、そういえば以前、パパ鬼は信長の担当になっていて、毎日ひどくおびえて出勤していたのを思いだします。

そしてそうこうしている間にも、テレビ画面の中はヒートアップ。紹介されたふたりはバックネットの前に歩みより、バチバチと視線に火花をちらしていました。

「信長よ……」

にらみあいの果てに、手をグッとにぎって相手の名前を呼ぶ明智光秀。カメラはふたりの間で両方をうつしています。

「長かった……。しかしいよいよだ。いよいよそれがしのこの恨みを晴らすときがきたのだ。四百数十年前の仕打ち、いまこそ後悔させてやる！」

「光秀。貴様も執念ぶかい男じゃ。根に持つタイプはモテぬぞ」

「だまれ！」

挑発された明智光秀は、目をクワッと見ひらきました。

「いいか、信長……。それがしはかならずなしとげてみせるぞ……。地獄甲子園の優勝チームキャプテンにおくられる賞品、わすれたわけではあるまい」

「フン。『好きな過去にもどり、歴史を変える権利』か。くだらぬ」

「おまえにとってはそうであろうな。しかし」

光秀は髪をかきあげます。

「それがしにとっては、貴重な権利なのだよ。ファイアーズはかならず優勝する。そしてそれがしは『本能寺の変』にもどり、今度こそ下克上を成功させてやるのだっ！」

「ならばワシらは歴史を守るために戦おう。貴様の好きにはさせぬ」

受けてたつように信長が口にすると、再びふたりはにらみあいます。

そしてそこでテレビカメラはファルコンズベンチをうつしますが……。

――あれ？

ママ鬼はみょうなことに気がつきます。

ひそかにファンになっていて応援している、ファルコンズのピッチャーとキャッチャーがそこに見あたりません。

どうしたんだろう？　セレモニーが終われば試合もはじまるのに……。

現世

山田虎太郎は小学六年生。地元の少年野球チームでピッチャーをしています。

内気だけどとてもやさしい性格で、しかも実力は折り紙つき。名門高校野球部のスカウトも注目するほどです。

そんな虎太郎ですが、でも今日はめずらしく、ちょっと怒っているみたいです。

その原因は三十点だったテストのことでも、お母さんがアニメの録画をわすれてしまったことでもなく、とある選手のこと。

学校が終わったあとにチームメイトと自分の部屋にこもって、そのことについて話しあいをしているようですが……。


「とにかく、竜二クンは許せないよ！」

虎太郎はあぐらをかき、床をドンとたたきました。

「そうだ！　あんなヤツは地獄いきだ！」

「裏切り者を地獄に！」

チームメイトも同調しますが、でも虎太郎は（もしかしてぼくは毎回、誰かから恨まれて地獄にいっているのかもしれない……）と思い、びみょうな気持ちになってしまいます。

それでも気持ちをきりかえ、

「でもホントにひどいよ、竜二クン。ウチのチームにはいるはずだったのにさ」

と、虎太郎は口にして、ふかいため息をもらしました。

話題になっている竜二は、地元で有名なセカンドの選手です。流れるような守備がとくちょうで、虎太郎たちはその実力を見こんで自分たちのチームに彼をスカウトしました。

もちろんチームにはいれば正二塁手の座は競争になりますが、高いレベルで実力を競いあうことこそが、チームのためになることをみんな知っています。竜二もそれは承知していたはずですが……。

「竜二のヤツもさ、競争なら大歓迎！　っていっていたのに……」

「そうそう。直前でレギュラー確約された、他のチームにいっちゃうんだから！」

チームメイトたちも虎太郎も、顔から湯気がでそうなくらい怒っています。期待の選手だったので、いかりはなおさらでした。

一方でそれを冷静に聞いているのは、ぽつんと輪からはずれて座っている、キャッチャーの川島高臣です。

高臣自身は最近チームに加入したため、くわしいいきさつは知りません。それどころか前は竜二とチームメイトで、それだけにいかりもわかず、この中でひとりだけおちついて話を聞いていました。

――竜二には竜二の事情があるから、しかたない気もするけどな……。

高臣はコップを持ってストローに口をつけながら考えていましたが、とはいえ虎太郎やチームメイトたちの気持ちもわかったので、だまって成り行きを見守っています。

――しかしそろそろ終わらせないと、ちょっとマズいことになる。

「とにかく！」

時間を気にする高臣のことを知らず、チームメイトが声をはりあげます。

「つぎの日曜日に、竜二がいるチームと試合になったから！　この試合、相手チームというよりも、竜二をやっつける気持ちでいくぞ！　セカンドをねらい打ちだ！」

「おおっ！」

みんなは声をそろえて返事をして、そのまま試合の作戦会議をひらこうとしますが……。

（おい、虎太郎）

長びく気配を感じた高臣が、虎太郎に耳打ちをしました。

（マズいぞ。チームのヤツらが強引におまえの部屋にきたのはしかたないが……。でもこれ以上時間をかけると、地獄甲子園の決勝におくれてしまう）

（う、うん。ぼくも、おしまいにするタイミングをはかってるんだけど……）

そうです。今日は地獄で開催されている地獄甲子園の、いよいよ決勝戦。これまで五度にわたる戦いを勝ち抜き、決勝ではいんねんの本能寺ファイアーズと勝負です。

世界の歴史や自分たちの命までかかっているから、虎太郎と高臣はなんとしても負けられません。だからはやく地獄甲子園にむかわないといけないのですが……。

（それなら、虎太郎。はやくすべきだ。みんなを帰せないんだったら、自然なかたちでおれたちが消えなければならない）

（う、うん……）

虎太郎は返事をして、部屋の中を見まわします。

だけど身ぶり手ぶりを交えるチームメイトたちの議論は白熱していて、まだまだ終わりそうにありません。さっきまで一緒に怒っていた虎太郎も、ちょっとその熱を高めてしまったと反省しました。

しかし、帰らないものはしかたがありません。ここは知恵のだしどころです。

（……ねえ、高臣クン。ひとつだけ作戦があるんだ。ぼくのランドセルが地獄へのトンネルになってるのは、知ってるよね？）

（？　ああ。超閻魔大王にイタズラされたんだろ？　それがどうした？）

（だからね、それを利用してゴニョゴニョ……）

虎太郎のすばらしい知恵を聞いた高臣は、ろこつに顔をしかめました。まったく気はすすみませんが、しかし時間がありません。

（それ、だいじょうぶなのか、虎太郎……）

（まかせといて！　こういうときのために、ずっとこの作戦を考えてたんだから！）

自信満々の虎太郎に、高臣は（どうせなら、三十点だったテストのことを考えたほうがいい）と思いましたが、じゅんすいなその目に、なんだかすべてをあきらめました。

そしてしばらくあと。

「さて、作戦会議の途中ですが、みなさんご注目！」

ベッドからシーツを持ってきた虎太郎が、ランドセルをうしろにかくすようにたちました。となりにはちょっと恥ずかしそうな高臣もいます。

「な、なんだよ、虎太郎。急に」

真剣な議論をしていたチームメイトたちは、いきなり冷や水をあびせられ、表情にとまどいをかくせません。

「うん。ちょっとね。手品をしようと思って」

「て、手品？　なにをいってるんだよ、虎太郎。大事な会議中だぞ！」

チームメイトが注意します。虎太郎は、まるでお父さんの仕事をじゃました子供みたいないわれかただなあと思いつつ、それでも笑みをうかべました。

「会議中は会議中だけど、ずっとそんな感じだったらつかれるでしょ？　ちょっと息抜きしたほうがいいって。はい、注目」

虎太郎がシーツを見せながらいうと、「……注目」と、高臣もつづきました。

高臣はこんなのは自分のキャラじゃないと思いつつも、地獄にいかなきゃという使命感に自分をすてました。メガネのむこうはなみだ目で、チームメイトたちはいつにない高臣の様子もあり、しかたなくふたりに注目します。

「えーと。じゃあぼくたちは、このシーツをかぶります。すると五秒後、なんとぼくらふたりはここから消えてしまいます！　タネもしかけもありません！」

高臣も遠い目で「……ありません」と、虎太郎につづきました。

地獄は現世より時間の流れがだいぶ速いから、決勝が終わったあとにもどってくればだいじょうぶ。だから手品でごまかそう！　試合のあとで「ね？　ちゃんと消えてたでしょ？」って感じで帰ってくればいいんだから！

他に方法もなく、高臣はしぶしぶ虎太郎のアイディアにのったのですが、考えていたよりおバカなノリに、

（あ、これ思ってたヤツとちがう……）

という気持ちになっています。これで本当に勝てるのか？　心配はつきませんが、

「じゃあ、いきますよ！　しばらくさがさないでください！」

虎太郎はいって、自分たちとランドセルにシーツをかけました。

そして虎太郎はシーツの中の暗闇でランドセルをさがすと、その中にサササッとはいっ

Chop
Stick

ていきます。まるでゴキブリポイポイにまんまとはいるゴキブリのようだ、と高臣は考え悲しい気持ちになりながら、自分もその中へはいっていきました。

しかし、外で見ているチームメイトたちは気が気ではありません。

「お、おい……。虎太郎……、高臣……」

こういう手品は見た目のごまかしがほとんどで、ましてや同級生がするものにあまり大がかりなタネはないと、みんなも知っているのです。なのに目の前のシーツはぺたんこになり、あきらかにひとの気配が消えています。

「え？　ちょっと、ホントにだいじょうぶ？」

「おーい。ふたりともー」

みんなはふしぎに思って、シーツをめくります。だけどそこにあるのはランドセルだけ。ふたりの姿は影もかたちもありません。しばらくみんなで部屋中をさがしましたが、しかしふたりはもう地獄。冥庁におかれた地獄の釜をひらき、地獄甲子園にむかっています。

「な、なあ、マズくないか？」

「うん……。手品の途中で、もしかしてホントに神隠し的なものに……」

チームメイトたちはけっこう正解に近いことをいって、その顔はみるみる青ざめていきます。そして、

「たいへんだ！　警察警察！」

と、大あわてで部屋をでていきました。

自分のアイディアが原因で、警察に通報された虎太郎。

もし無事にもどってこられても、かなりの地獄が待っているようですが、それすらも今日の相手に勝てたらの話……。

なにせ今日の相手には、超強力な助っ人がいるのですから……。

地獄

赤黒い空にプテラノドンみたいな大きな鳥が、ガアガア鳴きながら飛んでいた。

それを見あげ、ネギがはみでた買いもののカゴをさげた鬼の主婦たちは、「イヤねえ。ゴ

ミを荒らすんだから」なんておしゃべりしながら帰っていく。

遅刻寸前のぼくたちはそれを横目に、「こっちこっち！」というヒカルの案内にしたがって、地獄甲子園にむけてはしっていた。

ヒカルは地獄にくるといつも案内をひき受けてくれるスベスベの和服を着た女の子。背中に生えた羽でビューンと飛ぶ彼女についていって、そしてようやくやってきたのは、そびえたつようにたたずむ地獄甲子園。

現世のそれによく似ているけど、暗雲うごめいていて不吉なオーラは正反対。なんだか魔王が住む城みたいな感じで、壁にからまるツタもウネウネと意思を持つように動いているし、思ったことをしょうじきにいえばメチャクチャ不気味だ。

「いよいよ、決勝か……」

そんな地獄甲子園を見あげながら、ぼくはつぶやく。

——とうとうここまできた。

覚悟をかためるような気持ちで、ぼくは地獄甲子園の入り口をくぐり、その廊下をふみしめた。そして暗い選手用通路をカツーンカツーンと音を鳴らしてすすむけど……。

「あ、そうだ。ヒカル」

思いだしたことがあってヒカルを呼ぶと、彼女はにっこり笑顔でふりかえる。聞いておきたいことがあった。

「あのさ。対戦相手のことなんだけど。たしか本能寺ファイアーズっていったっけ？」

「そだよ。明智光秀さんがキャプテン。元はサンダースの選手だったけど、どうしても本能寺の変をやりなおしたいみたいで、あたらしくチームをつくったの。メンバーはほとんどが戦国武将で、どうも信長さんに恨みがあるひとを集めたらしいよ」

「恨みのあるひと？　信長さんに？」

質問をかさねると、

「虎太郎。おれたちには想像できないが、天下統一は戦国武将の命をかけた競いあいだ。食うか食われるかの世界だし、ふつうにしていても恨まれることがあっただろうな」

高臣クンがこたえてくれる。

ということは、ファイアーズにいる選手たちは、信長が生きていたころの戦国武将になるのかな。

前に対戦した戦国武将チーム、川中島サンダースも手ごわかったし、それに恨みのパワーまでくわわるとやっかいだぞ。さっきだってぼくのチームメイトたち、竜二クンへの恨みで議論をかなり白熱させていたし……。

「さ、着いたよ」

相手の力を考えていると、ヒカルが通路の左側にあるドアに手をかける。このさきにはファルコンズベンチ。そこにはきっと、みんながいるはずだ。

ぼくは気持ちの中に力をいれて、ヒカルにコクリとうなずいた。するとヒカルはドアノブをまわし、ゆっくりとドアを開け……。

「信長！　ついに地獄にいくときだ！　それがしは歴史を変える！」

「光秀よ。ワシが貴様に自分の寿命を教えてやろう」

ひらけたドアのさきに見えたのは、バックネットの前でにらみあう両チームのキャプテン。これから野球じゃなくて、格闘技の試合がはじまるような、そんなふんいきだ。

っていうか、ふたりとも自分たちが死んで地獄にいるっていう自覚がまるでない。死んで四百年以上たつのに、なんならまだ生きてるってふんいきだ。

「しかし虎太郎。ふたりの気迫、すごいな……」

高臣クンがつばを飲みこみながらいって、ぼくもそれにうなずく。

普段ならヤジを飛ばしたりする騒がしい地獄のお客さんですら、ふたりから伝わってくるこの緊張感に、言葉をなくしてシンとしていた。おかげでお菓子やジュースの売り子さんが、まったく売れずに泣きそうになっている。

「これが、地獄甲子園の決勝か……」

明智光秀とは前に一度対戦したことがあるけど、そのときとは段ちがいの迫力だ。きっと歴史を変えるという権利に、並々ならぬアツい思いがあるんだろうけど……。

——でも、おかしいな？

ぼくは首をかしげ、となりをむく。

「ねえねえ、ヒカル。また質問なんだけど」

ヒカルはふわふわうかびながら、「なに？」と、にっこりわらった。

「あのさ、本能寺の変って、明智光秀さんが信長さんを裏切ったヤツで、たしか成功したんだよね？　信長さんはそこで死んじゃったって、聞いたことあるんだけど」

「そうだよ。でもね」

ヒカルはこっちへむきなおって、ピンとひとさし指をたてた。

「明智光秀さんはそのあとすぐ豊臣秀吉さんに討ちとられちゃうの。世間ではそれを『三日天下』って呼んでいて、明智光秀さんはそれが気にいらないんだね」

「三日？　本能寺の変のあと、三日で討ちとられたの？」

「実際には十一日後らしいけどね。いろいろ説もあるけど、短い期間をあらわして三日天下って呼ばれているみたい」

「へえ、なるほど」

と、ぼくが相づちを打とうとしたら、

「な、なるほど！　さすがヒカルさん！」

高臣クンが大げさに手をたたいてヒカルをほめた。高臣クンってなんか気むずかしそうに見えるけど、けっこうわかりやすい性格だなあ……。

「しかしまあ、明智光秀の恨みは、信長様だけにむけられたものではあるまいよ」

高臣クンの態度にびみょうな気持ちになっていると、ここではいってきたのはサルそっくりの戦国武将、豊臣秀吉だ。ベンチに座ってニヤリとカッコつけているけど、バナナでよごれた口のまわりで、すべてを台なしにしている。

「なんせのう、信長様の仇を討ったため、山崎の戦いで明智光長のヤツを破ったのはワシじゃからな。ワシとてかなり恨まれておるはずじゃ」

「そ、そうなんだ……」

秀吉は名前をまちがえながら、死んでるクセに生き生きと語るけど、恨まれじまんっていうのもめずらしい。やっぱり変な動物だなあと思っていると、

「うおーい！　明智光彦！　三日天下は楽しかったかーっ？」

と、手でメガホンをつくってグラウンドに声をだした。なんてイヤなサルだ……。

「うるさい！　それがしの名前は明智光秀！　あと三日天下じゃない！　十一日天下！」

こまかく反論してくる明智光秀は、こっちをにらんでビシッと指さしてきた。

「いっておくぞ、ファルコンズのしょくん！　調子にのっていられるのもいまのうちだ！

今回はおまえたちにかならず勝つため！　それがしは最強の助っ人を用意した！　見よ！　わがベンチを！」

光秀はこちらにさしていた指を、スッと自軍のベンチにむけた。

そこにはファイアーズの選手たち……、こわそうなひともいれば、女のひとや、ブリキのおもちゃみたいなひとまでいたけど……、明智光秀はどうもその中央に座る、髪のないツルツル頭のひとを指さしているみたい。ボールを持ってじっとしている。

「あのひとが、明智光秀さんの切り札なのかな……」

ぼくはつぶやいて、目をこらす。

そのひとは小柄だけど血管がうきでるほど筋肉質で、パワーはかなりありそう。その男のまわりだけ、ゴゴゴゴって空気がふるえていそうな、そんな存在感。ピッチャーかバッターか知らないけど、おそろしい力を持っていそうだ……。

「ねえ、ヒカル。あれ、なんてひと……？　一目見て、ただ者じゃないのはわかるけど……」

聞きながらヒカルを見るけど、なぜか彼女の顔は真っ青だ。

「ヒカル……？」

「うん、虎太郎クン……。あれ、おそろしいひとだよ……。信長さんにとっては、とくに……。明智光秀さん、とんでもないひとをつれてきたね……」

「の、信長さんにとって、とくにおそろしい？」

まさかあの、信長にとって？　ぼくはおどろいて、ベンチを見まわした。

するとファルコンズのみんなはシンと静まりかえっていて、まるでヒカルの説明が正しいとでもいうように、おでこに冷や汗をかいていた。言葉を失い、見つめる視線のさきは、もちろん、相手ベンチだ。

「まさか、あのお方が……」

「ファイアーズに味方など……」

ようやく口にしたその口調もどこかふるえているようで、ぼくにはまさかという思いがかけめぐる。戦国武将の豪傑たちが、こんなに怖じ気づくなんて……。

「そ、そんなにこわいひと……？」

ぼくは背筋にゾッとするものを覚え、つぎに信長へ視線をうつした。

だって信長なら明智光秀に、たとえば「誰が相手だろうと受けてたつ！」くらいのことをいって、くもった空を強力な風で晴らすように、この重い空気を払ってくれると思ったから。——だけど、現実は逆だった。

「父上……」

力なくそうつぶやく信長の顔は、いままで見たことがないくらい青くなっていた。もしかしたら見まちがいかもしれない（見まちがいだと思いたいだけかも）けど、そのくちびるが少しふるえているようにも見えた。

「なぜ、ファイアーズに……」

口にすると信長は、感情を殺すようにくちびるをかみしめた。

——あの信長が……。

どんなときでも強くて勇敢でたよりになった信長が、あんな表情をするなんて……。

だって信長は、これまで歴史上のどんな相手にだって一歩もひかず、対等以上にわたりあってきた。

だから神さまとか本物の魔王を前にしても、きっと信長はいつものあのえらそうな態度でむかいあうだろうと思ってたのに。

それが、なんてことだろう。

動揺うずまくファルコンズベンチの反応を見ても、あのそりあげた頭の男がただ者じゃないのはわかるつもりだ。だけど、あの信長までもが……。

いったい、なに者なんだ、あのひと。信長の「父上」ってつぶやきから考えると、お父さん？ でも、それにしてはぜんぜん似ていない……。

「信長……」

考えていると相手ベンチの謎の男は、ボールを持ったまま、ゆらりとその場でたちあがった。そして腕をくみ、威圧するような視線で信長をにらむ。はりつめた緊張感が、いっそう濃くなった気がした。

「父上、なぜ……」

「なぜだと？」

信長のつぶやきを聞き、男の視線はさらにするどくなった。地の底からひびくようなすごみのある声で、その殺気がビシビシとこっちにも伝わってくる。おもわずそれだけであとずさりしてしまいそうなほど。

「信長、よく聞くがよい」

男は目を見ひらく。

「これまでは義のためおまえにつきあっておったが、恨みはずっとくすぶっておった。しかしファイアーズに手を貸した、いまこそが好機。我の美濃をうばいとった恨み、今日こそ晴らしてくれる！」

そういうと、男の筋肉はみるみるふくれあがる。そして手に持っていたボールを軽々と、まるでレモンのようにグシャッとつぶした。

「うそ。ボールを……！」

ぼくがポツリともらすと、

「あ、ありえない……」

となりでは普段は冷静な高臣クンも、ふるえそうな声でいった。

ボールをつぶすような力で、バットやボールをにぎる？　そんなの、とんでもないスピードとスイングを生むにきまってる。それこそ、想像を絶するような……。

試合前から、こころが折れそうだ……。胸の中にくらい雲がたれこめると、

「今日はうぬらの命日よ」

男は異様に低くパワーのこもった声でいって、不気味なわらいをうかべた。相手もやっぱり死んでいる自覚がないんだなあと、絶望にしずむこころの中で思った。

※

男の名前は斎藤道三というらしい。

ただ信長の父は父でも、実の父親ではないようだ。

「つまり、信長さんの奥さんのお父さん……。義理のお父さんって関係なんだ。いきなり相手側にあらわれて、信長さんもショックだったんだと思う」

「だから、父上っていってたのか……」

ぼくはヒカルにこたえてからベンチに座ると、「はあ」とため息をもらした。オーダー表を見ると、道三は投手で四番。あの握力、バッターかピッチャーのどちらかでもヤバい

のに、まさか両方なんて……。

ぼくはてっきり、明智光秀がピッチャーにまわると考えていた。だってあのひと、プライドが高そうだから、きっと自分で投げて信長をさいしょからさいごまでおさえてやるんだって気持ちがあると思ったから。

「――で、ヒカル。どうして道三さん、お父さんなのに、信長さんに恨みがあるわけ？　美濃がどうこうっていってたけど……」

「美濃っていうのは道三さんのものだったけど、死後に信長さんの領地になった場所だよ。道三さんは油売り商人から身をたてて戦国武将になったひとだから、きっと苦労もあったんだろうね。それだけに領地に思いいれがあったんじゃないかな」

「だからって、いまさら……」

まあ本人がいっていたように、きっとこころの奥にしまっていた気持ちが、いまになってばくはつしちゃったんだろうけど。

――それにしても……。

ぼくは試合の準備をしながら、相手ベンチを見た。

あれは、やっかいな相手だぞ……。

道三の見せたパワーは異常なくらいで、きっと今大会中で最強だと思う。ボールをつぶしてしまうなんて、単純なパワーなら、これまで見た誰よりもすさまじい。

それにくわえて、ぼくは信長との関係も気になった。

だってお父さんなんて近い関係のひとが敵にまわるなんて、そんなの、ひどい裏切りじゃないか。いくら信長だって、ショックを受けるにきまってる。

そんな心配をしていると、

「ただ、こうなってしまったものはしかたがない」

ベンチの前にたち、風にふかれながら信長は口にした。ぼくらに背中をむけ、相手ベンチをじっと見つめている。

「おさっししますぞ、信長様……」

秀吉がひざまずいていった。目をふせてくちびるをむすび、いつになくキリッとした表情だけど、あの顔で緊張感を演出するのはムリがあるなあと思った。

「しかし、まさか父上が敵にまわろうとはな……。おそらくこちらのクセや弱点も、じゅくちしておるだろう」

「おっしゃるとおりでございます。早急に対処せねば」

信長の言葉に秀吉がこたえると、

『クセや弱点って、秀吉さんをすぐなぐったりすることかな？』

ヒカルがテレパシーで聞いてきた。でも、それくらいはぼくでも知ってる。

それより心配なのは、たとえばどこへ投げたらどんな反応をするとか、信長が自分でも知らない弱点なんかを知っていたら、そうとうやっかいだ。

ぼくはそれを考え、不安でのどを鳴らした。

だって大会最強のパワーを持つ、エースで四番。

しかも信長はクセとか弱点を見抜かれてるかもだし、おまけにお父さんが敵っていう状況にとまどいもあるだろうと思う。さらにあっちには恨みという力の源まで。明智光秀の『歴史を修正したい』という思いも強いだろうし……。

あらためて考えて、ぼくはゴクリとつばを飲んだ。

さすが決勝戦。簡単にいきそうにない。

っていうかこれ、だいじょうぶかな……。はやく部屋に帰らないといけないのに。そもそも勝てるかどうか、かなりあやしくなってきた……。と、心配していたら、

「よいか！」

それをふり払うような、信長の声。

目をあげて前を見ると、彼はマントをバサバサと風にゆらし、強い目でこちらをふりかえっていた。それはおそれを知らない、いつもの信長の目だった。

「いよいよ地獄甲子園、その決勝がはじまる！　今回はこれまでのどの試合より、きびしい戦いとなるだろう！　しかし！」

ここで信長は、グッとみけんにシワをよせた。

「我らには、歴史を守るという使命がある！　さいごのふんばりどころだ！　こころしてかかれ！　相手の歴史操作を、なんとしても阻止するのだ！」

信長が一喝すると、

「おおっ！」

全員がそろって、空までひびきそうな、ひきしまった声をあげた。

それは感じていたぼくの不安を、一瞬でふき飛ばすような力強い声だった。

そうだ。心配なんかする必要はない。ぼくは何回もこのひとたちと試合をしてきたのに、どうして不安なんか感じていたのだろう。

最強武将の信長をキャプテンにした、戦国の豪傑たちならぶファルコンズ。

これまでだっていまからも、たよりがいのある仲間たちだ。たとえ相手が誰であろうと。

ぼくはたちあがると、そばにころがっていたボールをひろった。

その手の中のボールはかたかったけど、仲間のことを思いうかべると、なぜかぼくにだってにぎりつぶせそうな気がした。

2章　恐るべき二刀流！

	1	2	3	4	5	6	7	8	9	計	H	E
桶狭間										0	0	0
本能寺										0	0	0

OKEHAZAMA Falcons

	OKEHAZAMA Falcons	
1	豊臣　秀吉	右
2	井伊　直虎	中
3	前田　慶次	左
4	織田　信長	一
5	真田　幸村	二
6	毛利　元就	遊
7	伊達　政宗	三
8	川島　高臣	捕
9	山田虎太郎	投

B
S
O

CH	1B	2B	3B
赤	青	黒	桃
鬼	鬼	鬼	鬼

	本能寺 Fires	
1	松永　久秀	中
2	細川ガラシャ	二
3	明智　光秀	一
4	斎藤　道三	投
5	山中　鹿介	左
6	朝倉　義景	遊
7	浅井　長政	三
8	長宗我部元親	右
9	加藤　清正	捕

聞いたことがないくらい重い音がキャッチャーミットから鳴りひびくと、

「ストライク！　バッターアウッ！」

と、審判のコールがひびきわたる地獄甲子園。

バッターボックスでは秀吉がスイングのついでに一周まわって、なさけなくその場でしりもちをついていた。さっき感じていたぼくの安心をかえしてほしい。

「いやいやいや。すごいのう、道三どの……。あの速球は打てんわい。マジ、リスペクト」

うんうんってうなずいて、ベンチに帰ってくる秀吉。もちろんすぐに信長のゲンコツが飛んできて、秀吉はなみだとともにすぐにだまった。

「師匠ですらも打てないとは……」

となりでは高臣クンが、こめかみに流れる冷や汗を腕でぬぐっている。真剣な顔してるところ悪いけど、『ですら』の使いかたを確実にまちがえている。

ちなみに高臣クンが、秀吉を師匠と呼ぶのにはわけがある。

というのも高臣クンはものごとをすぐに信じてしまう性格で、だからはじめて地獄にきたときに秀吉をいい風に誤解してしまい、それからムリヤリ弟子入りしてしまったってわけ。友だちとして同情してしまう。

「虎太郎、どうする。あの剛速球はなかなか打てないぞ……」

高臣クンが心配する。たしかに、手ごわい。ぼくは視線を前にして、斎藤道三を見た。

がっしりと岩のような筋肉が、もりもりついている体。腕なんてたぶん首よりふとくて、お坊さんが着る袈裟みたいなユニフォームがはちきれそう。

たしかに、パワーはすごいと思う。だけど――。

――キン！

ひびく金属音に、あわててバッターボックスに目をもどす。

そこでは井伊直虎が、バットをふり抜いたまま打球の行方をながめているところだった。

ちなみに井伊直虎は男みたいな名前だけど、戦国時代に生きためずらしい女の戦国大名だ。彼女の視線は打った球をじっと見つめているけど……。

「ファール！」

審判の赤鬼が両手をひろげると、ファルコンズベンチからはため息がもれて、スタジアムのお客さんからは歓声がわく。かなりの飛距離がでているおしいあたりだった。

「クソッ！　ファールかよ」

井伊直虎が緊張をほぐすように首をまわすと、道三がみけんにシワをよせる。

「ほう……。この道三の球にあてよるか……」

「あたり前だってんだ！　あたしはな、ここでホームランを打って、着ぐるみを着た虎太郎と写真をとる約束してんだよ！　インスタ映えするぜ……。ククク……」

そんな約束はしていないけど、井伊直虎の打球は斎藤道三のボールを確実にとらえていた。あれならつぎのボールにも、期待が持てるぞ……。

「し、信じられないな……。あのボールをいきなりとらえるなんて……」

打球を見て、高臣クンは感心するようにいった。

「高臣クンは、地獄でまだ二戦目だから知らないかもだけど……。でもぼくたち、これまで剛速球投手とはかなり対戦したんだ。いまさら速球だけじゃ、ファルコンズ打線はだまらないよ」

「いや、だまるもなにも、打線はそもそもしゃべらないだろ」

言葉をそのまま受けとる高臣クン、またなにかかんちがいをしている。

「さあ、道三さんよ。初回からあたしがいんどうを渡してやる。こっちは歴史と虎太郎の着ぐるみがかかってるんだからな！」

井伊直虎はガハハとわらう。ぼくの着ぐるみと歴史が同じ価値観でならんでいるのがびみょうだけど、やっぱりたよりがいは感じてしまう。

「フン。いいよるわ。――だがここまでは、ほんの小手調べよ」

「小手調べ？　強がりは見苦しいぜ」

「強がりかどうか、うぬの目でたしかめるがよいわ。――さあくらうがいい。わが必殺のボール……！」

斎藤道三はこたえると、腕を大きくふりかぶった。

そしてドスンと地震かと思うくらいパワフルに足をふみこませると、そこからばくはつをひき起こすような勢いで、

「オイルスライダー！」

と、腕をふり抜く。

「スライダーだとっ？」

意外な顔をしながらも、井伊直虎はバットを反応させた。

そのスイングはボールの軌道のさきをとらえていて、ぼくの目には今度こそ芯にあたりそうに見えたけど……。

「うそっ！」

ぼくはおもわずたちあがる。となりの高臣クンもだ。

井伊直虎のバットはスカッと空をきり、おまけに上半身をおよがせて転びそうになった。

斎藤道三の投げたボールはまるで空気の中をすべるようにまがり、それはキャッチャーの加藤清正ですら腕をのばして、ようやくとれたくらい。

「た、高臣クン……。いまの、どれくらいまがってた？」

「……たぶん、背中の外からまがって、バットが届かない場所までだ……」

しかも、たぶんストライクゾーンのはしっこをせいかくにかすめてる。バットにあてようがない。ほとんど反則のレベルだぞ……。

「マジかよ……」

井伊直虎は目をパチクリさせて、ミットにおさまったボールをながめた。表情にはくやしさよりも、なにが起こったかわからないというふしぎさが宿っているように見えた。

そしてそれは井伊直虎だけじゃなくて、あ然としているファルコンズのみんなもそうだし、また静まりかえっちゃったお客さんの顔もそうだった。そしてぼくの体は、絶望的な感情でブルブルふるえていた。

——これは、打てない……。

ぼくは本能的に、理解してしまう。

あのボールは、がんばったら打てるかもってレベルを完全に超えている。

ぼくたちはけっして天気をあやつったりできないし、重力にさからうこともできない。

あのスライダーをまともに打つのはそんな次元で語られるようなもので、人間にできるレベルを大きく超えているように思えた。

それはもちろん、信長をふくめての話だ……。

「フハハハハ！　修行を積み、最高のまがりとコントロールを身につけた、わがオイルスライダーは無敵！　ファルコンズ！　いよいようぬらをたおして、この道三が天をにぎる！　わが恨み晴らすときがきたのだ！」

「クッ！　やれるものなら、やってみよ！」

ファルコンズベンチからは秀吉がいいかえすけど、道三にひとにらみされると迫力に負けちゃって、かわいそうなくらい足がガタガタふるえている。しかも幼児のように、信長の陰にかくれて鎧をぎゅっと片手でにぎっていた。

そのあとのファルコンズ打線は、やっぱりぼくの予想どおり、道三のボールにかすりもせずに三振にたおれていった。

秀吉から井伊直虎も三振して、いまは前田慶次も追いこまれている。

「でも、どうしてオイルスライダーなんだろう……」

ぼくはベンチに座り、ズドンズドンとキャッチャーミットの音を聞きつつ、そう口にした。すると高臣クンがこっちをむく。

「そりゃ虎太郎。道三さんが元々、油売りの商人だったからじゃないか？　そこからヒントを得て、油ですべるようなボールを目指して開発したとか……」

「ああ、なるほど……」

返事をすると、「きっとそうだね！」と、横からヒカルも高臣クンに同意した。

「道三さんは、油売りの中でもやり手だったんだよ。一文銭っていう、いまの五円玉みたいなコインが当時流通していたんだけど、道三さんはその真ん中にあいた穴から油をとおして、コインをぬらさずに油を売る演出で人気があったんだ」

「コインの穴から？」

ぼくはおどろいて聞きかえした。そんな穴からせいかくに油をとおして売るなんて……。

「だからあのスライダー、あんなにせいかくなコントロールなのか……。いや、ヒカルさんは、なんでも知ってるな」

高臣クンも感心（？）して、ヒカルをたたえた。見るとほっぺが少し赤い。やっぱりわ

かりやすいなあとながめていると、

「しかし、感心ばかりもしておれぬ」

上から声が降ってくる。見あげると、すぐうしろに信長が腕をくんでたっていた。

「オイルスライダーはたしかに手ごわい。だがなんとか打ちくずしていかねば、ファルコンズに勝利はないのだ」

「なにか方法……、あるの？」

期待を胸に聞くと、

「ない！」

信長は気持ちよく、そうこたえた。

一回裏

「虎太郎。点がはいらないんだったら、なおさらおれたちの役割は重要だ」

ファルコンズが守備にまわって投球練習を終えると、高臣クンがマウンドまでやってきてそういった。

「だよね。リードはまかせるけど……。自信、ある？」

少しの不安を持って聞くと、高臣クンはめずらしくニヤッとわらう。

「まかせておけ。師匠の弟子として、恥ずかしくない活躍をするつもりだ」

高臣クンはいって守備位置に帰っていくけど、立場そのものがけっこう恥ずかしいことにはやく気づいてほしい。

だけど高臣クンのいうとおり、あの斎藤道三から点をとるのは、とてつもなくむずかしいのは本当だ。それだけに一点がかなり重くなる。だからこそ打たせられない。

――初回が重要だ……。

ぼくは考えを整理し、大きく息をはく。そして相手の一番バッターを見るけど……。

『ヒカル、あれ、なに？』

と、おもわずテレパシーで聞いてしまう。だってバッターボックスには、なぜか手足が生えたドンブリ（もしかしたらＵＦＯかもしれない）が、

「イマコソ、ウラミ、ハラストキ……」

って、シュコー、シュコー、と荒い鼻息でたっているから。地獄名物のゆるキャラ？

いや、地獄にそんなもの必要だろうか。

『やだな、虎太郎クン。あれは松永久秀さんだよ。前に対戦したじゃん』

『え？　あれって松永久秀さん？　でも前に対戦したときって、あんな感じじゃなかったような……』

『うん。たしかにそうだけど。でも、ひとは三日あわなかったら変わるっていうし』

ヒカルはいうけど、面影すらないし、おまけに尻尾まで生えているのは……。

『……で、ヒカル。仮にあれが松永久秀さんだとして、どうしてあんなドンブリみたいになってるわけ？　もう人間じゃないよね？』

『あれはたぶん、古天明平蜘蛛っていう茶器だね。ドンブリじゃないよ』

『古天明平蜘蛛？』

『そう。松永久秀さんが持っていたっていう茶器だよ。信長さんが一国とひきかえにしてでも欲しかったといわれている、ものすごいお値打ちものなんだ』

『一国とひきかえ？　それはすごい……』

すごいけど……。

『……でも、どうしてあんな姿に？　ちょっと、なにか致命的にちがうような……』

『うわさでは前回、ファルコンズに負けたのがすごくやしかったみたいなの。そこで茶器と合体して、サイボーグになったらしいんだ。松永久秀さんは信長さんのせいで茶器を失って、おまけにほろぼされているし。たぶんそのへんのあてつけだね』

そんなアホな。

「クックック……。ドウシタ、ボウズ。オジケヅイタカ」

あ然としていたら、サイボーグ松永久秀が機械的な声で挑発してくる。でもそんなかわいそうな外見でいわれたって、まるでくやしくない。だいたいあんなかっこうでどう打つつもりだろう。

「いや、怖じ気づいてないし、ふつうに投げるけど……。でもサイボーグになったせいで打てなかったって言い訳しても、知らないから」

ぼくはそういって、高臣クンがかまえたところにめがけてボールを投げた。

肩の調子はバッチリ！　コントロールもさえていて、これならあの変ななんちゃってサイボーグオジさんには打てっこない……、と、思っていたら！

「ワシニハ、バットナド、ヒツヨウナイノダ」

そういってサイボーグ松永久秀は目を赤く光らせ、バットをポイと投げすてる。そしてライターをとりだすと、なんとそのまま自分の尻尾に点火。

「な、なにしてんのーっ！」

「コレゾ、ワガ必殺技！」

サイボーグ松永久秀はグッと身がまえてボールをにらむと、バチバチと発光し、そしてまるで打ちあげ花火のように、その体をドカンとハデにばくはつさせた。

「うわああ！　なにこれなにこれ！」

前からは嵐のような爆風がおそってきて、ぼくはおもわず体をマウンドにふせた。しかしすさまじいその突風はぼくが投げたボールまでふき飛ばし、それを勢いよくレフトの前にはこんでいく。

「フハハハハハ！　ミタカ！　コレゾ古天明平蜘蛛自爆打法！」

頭だけになってポーンと飛ぶサイボーグ松永久秀は、ガハハハハととくいげにわらいながらそういった。

っていうか、爆風でボールをふき飛ばすのがねらいだったの？

ありえない打法に信じられない気持ちでいると、頭の中にヒカルの声。

『松永久秀さん、生きてるときは古天明平蜘蛛を信長さんに渡したくなくて、茶器と一緒に自爆したんだ！　記録上ではさいしょに自爆したひとともいわれているの！　これもきっと、そのときのことをヒントに開発された技だよ！』

技だよ！　っていわれても、そもそも技なの？　ちょっとムチャクチャすぎる。こんなの、どこに投げてもふき飛ばされちゃうじゃん！

「クソッ！」

風がやんだのを感じてから、ぼくはうしろをふりむく。

そこではレフトの前田慶次がボールを処理して、それを内野にかえしているところだったけど……。

……いきなりヒットを打た（？）れてしまった。

ぼくはくちびるをかんで、息を大きくはきだす。

しかも打たれたのはビックリするほどメチャクチャな方法でだ。ファイアーズ、わかっていたけど、すごい恨みの力を持っている。いまのだって、信長への憎しみというか、復讐への執念がそうさせたような技だったし……。

――クソ……！　手ごわい。

ぼくはくやしくなる気持ちをグッとこらえて、前に目をもどす。

するとそこには、なぜかポツンとサイボーグ松永久秀の頭がおちていた。一塁線上で、目をチカチカさせてじっとしている。

あれ？　まだそこにいるの？　って思っていたら、

「シマッタ……。アタマダケデハ、一塁マデハシレナイ……」

そうつぶやくサイボーグ松永久秀。そして彼に目を釘づけにして、あっけにとられるファルコンズとファイアーズ。

こうなる運命が予想できなかったって、ちょっと残念すぎる気がするけど……。

あきれる思いでいると、そこに信長が近づく。

その手には外野からかえってきたボールがあって、信長はそれをにぎりしめると、

「茶器を粗末にするな！」

って大目玉とともに、サイボーグ松永久秀の頭をなぐ……、タッチ。

サイボーグにまでなったのに外野ゴロなんてつくづく報われないひとだけど、こっちは助かった。これでワンアウト。

さらにぼくはつづく二番の細川ガラシャを簡単にアウトにして、ツーアウト。そしていよいよむかえるのは三番バッター、明智光秀だ。

「ついに……。ついにきた……」

肩を小刻みにゆらしてわらう明智光秀は、

「ついにきたぞ！　いまこそそれがしの復讐をはたすとき。覚悟しておけ、覚悟しておけよ、ファルコンズ！」

大声でそう口にして、腕を空につきあげる。

でも、「いよっ！　ミスター三日天下！」という秀吉のヤジには、「十一日だ！」と、またこまかく反論していた。どうも、そこはゆずれないみたいだ。

『でも、虎太郎クン。光秀さんのあの眼光、ただごとじゃないね。秀吉さんがバナナをねらってるときみたい。やっぱり恨みやいんねんって、こわいんだね……』

ヒカルがいうけど、秀吉にたとえたのは失敗だと思う。それに、いくら恨みの力がすごいからって、こっちも打たせるわけにはいかないんだ。

「じゃあ、いくよ、明智光秀さん！　アウトになってもらうから！」

「ほざけ、小僧！　それがしが前の試合で打点をあげたのをわすれたか！」

「でも、さいごの打席は三振にしたもんね！」

ぼくは挑発をかえしながら、大きく腕をふりかぶった。そしてまわした腕をビュッと前にしならせる。だけど緊張してしまっていたのか指がひっかかり、投げたボールは吸いこまれるようにあまくはいってしまった。

「しまった！」

「もらった！」

ぼくの言葉にこたえるように、明智光秀はバットを反応させる。そして一塁をギッとにらんだあと、

「敵はファーストにあり！」

と叫び、ねらいすましたような、とてもていねいなスイングでバットをふり抜いた。

——大きいあたりをねらってない？

ふしぎに思うけど、それでもバットは完全にボールをとらえている。そして打球は低いライナーで、まっすぐに一塁線をおそっていった。そしたら「ぐっ！」と、ファーストから低いうめき声。

あわてて目をやると、そこには肩をおさえてうずくまる信長の姿が。

そして打球は信長を横目に転々とセカンド方向へころがっていて、明智光秀はそのスキをついて一塁ベースをかけ抜けた。——打球が直撃した？　ヤバい！

「の、信長さん！　だいじょうぶっ？」

ぼくはかけより、信長の前でかがみこむ。ファルコンズの内野陣はみんな心配そうに集まってくるけど、信長は「心配ない」と、みんなを追い払った。すると、

「ど、どうかな、しょくん。そ、それがしの『敵はファーストにあり打法』は！」

と、一塁にたつ明智光秀が、息をきらしながらそう口にした。

「な、なに、そのイヤ〜な名前の打法……」

ぼくの質問に明智光秀はこたえようとするけど、ホームから一塁にはしっただけでバテてしまってうまく話せない。スタミナがまったくないようで、するとそれをフォローするような、『それはね！』という、ヒカルの声。

『明智光秀さんは信長さんを裏切るときに、「敵は本能寺にあり！」っていって、軍をみっつのルートにわけて本能寺を目指したんだ。それに鉄砲もうまかったから、ねらいをさだめるのがとくいなんだよ。だからきっとこれは……』

「これはファーストを本能寺に見たてた、ファースト強襲打法だ！」

ヒカルの説明の途中だったけど、呼吸がもどった明智光秀はそういって胸をはる。

「ククク……。せいかくにファーストをねらうバットコントロールの習得は苦労した。だがそれだけにガボ」

明智光秀のペラペラよく動く口をながめていると、とつぜんそれは白いボールによってふさがれた。明智光秀の口にボールを押しこんだのは、もちろん信長だ。

「光秀……。貴様、死んでから度胸がついたのう。しかし、わすれてやせんか？」

ピクピクと目をふるわせる信長。「なにを?」と、表情で問う光秀はなみだ目。信長はこめかみに青筋をたてると、さらに口に押しこんだボールをグリグリとねじり、

「貴様が一塁ベースにたったら、となりにぶつけた人間がおることをだ！」

と、鬼の形相でいった。光秀の『あ、わすれてた』って感じの表情を、ぼくはたぶん一生わすれないと思う。

信長と明智光秀の口ゲンカはけっこうはげしくなり、しばらくファーストベースふきんをにぎわせた。恨みの力でぶつかってくる相手だからある意味で運命のようなものだけど、でもすごい決勝戦になったものだと思う。

っていうか信長、よくもこれだけいろんなひとに恨まれるな……。それはそれでさすがだ。そう思い、まだ険悪なファーストベースをながめていると、

「ヌハハハハ」

とてつもなく低くスタジアムのすみずみまでひびきわたる、よくとおる声。聞くだけで心臓が凍るようなわらいが、前から聞こえてきた。

――ついにきたか。ファイアーズの大ボス……。

ぼくは覚悟をかためて、声のほうへ視線をうつす。

「ほう、小僧。いい目だ……。対戦を楽しみにしておったぞ。血がたぎるわ!」

役者が劇でしゃべるような口調でいいながら打席にはいるのは、いかにもやる気たっぷりって感じの斎藤道三。いよいよ最強四番の登場だ。

できればランナーがいない状態で対戦したかったけど……。それでもこうなった以上はしかたない。

やってやるぞ……。ツーアウトなんだから。と、気持ちを整理していたら、

「父上……。虎太郎が投げる前に、ひとつよろしいか」

ファーストから、信長が道三に声をかけた。視線をむけると、信長はいつになく真剣な目でバッターボックスを見つめている。

「かくにんのために、うかがっておく。父上がファイアーズに手を貸した理由……。それ

はワシへの恨みに相違はありませぬか？」

「くどい」

道三はバットをおろし、力のこもった声で信長をにらみかえした。ぼくにはその様子が、二匹の猛獣が火花をちらしているようにも感じられた。

「信長よ。うぬとは長いつきあいだったが、それもここまで。これまでは対抗できるせいりょくがおらず、ずっと機会をうかがっておった。しかしファイアーズというチームがあらわれたいま！　恨まれすぎた戦国武将、死すべきときがきたのだ！」

「……残念です。父上のお気持ちは、ワシとともにあると思ってましたが」

「フン。我の死後、美濃をうばっておいて、なにをいう」

斎藤道三はゆらりと動くとつぎはぼくを見つめ、

「さあ。いまこそ宿命を終えるとき。うぬらをたおし、我は天をにぎる……！」

野ぶとい声でそういう。すると、

「え？」

ぼくは予想していなかったものを、斎藤道三に見た。

見まちがい？　──いや。

ぼくは目をこらす。……まちがいない。まちがいないぞ……。

「どうして……」

ぼくはセットポジションをくずし、一歩あとずさった。おそれのようなものが、まるで津波のようにこころの中に押しよせていた。

「あれは……」

「マズいぞ……」

うしろの守備陣からも、心配の声があがっている。

だってありえないはずのものが、斎藤道三のそりあげた頭にくっきりとうかびあがっていたから。お客さんまでザワつきはじめているし、ぼくの気のせいじゃない。

──Fマークだ……。

斎藤道三の頭には、Fマークがはっきりと焼きついている。

たしかFマークの発現はファルコンズにかけられた魔法、野球人としての覚醒の証だと、信長からはそう聞いている。

ファルコンズをつくったひとがこめたねがいのような魔法のはずで、だからウチのチームメイトしか光らないと思っていたのに……。

『ヒカル……。あれ、見える？　どうしてＦマークが道三さんに……』

『わからないけど、――たぶん……、ファイアーズも頭文字がＦだから、それでじゃないかな。でないと、ありえないよ、あんなの』

『あ、ファイアーズの頭文字って、そうなんだ……』

ってことは、むこうにも同じようなねがいがかけられていたのかも。それなら納得できる。納得はできるけど……。

ただ、謎はとけてもピンチは変わらない。斎藤道三、ただでさえすさまじいパワーなのに、Ｆマークまで光ったんじゃもう鬼に金棒だ。どうなるかわからないぞ……。それにしてもなんであんな変な場所に……。

「さあ、投げよ、小僧。いまや閻魔すらおそれる我のバット……。ぞんぶんに味わってみるがいい」

「……クソ！　いわれなくたって！」

ぼくは足をあげ、高臣クンのミットを見る。彼のキャッチャーミットは、アウトコースの低めにあった。

やっぱり高臣クンも道三のパワーを警戒していて、一番長打がでにくいコースを要求している。きっとぼくがキャッチャーでも、同じところにかまえただろう。

肩の調子はいいんだ。見てろ！

ぼくは足をふみこむと、

「だあっ！」

と、背中から腕をまわしてボールを投げた。

それはおもわず「よしっ！」っていうくらい指先に手応えをのこし、ぼくが思いえがいたとおりの軌道で、まっすぐにキャッチャーミットへむかっていく。

あれならいくらパワーがあったって、そもそも打てやしないんだ。だってあてるのが一番むずかしいコースなんだから。

ぼくはこころの中でガッツポーズ。……だけど！

「フハハ！　いい球だ。相手がこの道三でなければ通用したかもしれぬ！　だが！」

道三は地ひびきが鳴るくらい足を前にふみこませ、

「受けてみよ、わが全霊のスイング、マムシ打法！」

ものすごい勢いで、まるでムチのようにバットを反応させた。

「マ、マムシッ？　ってウソッ！」

ぼくは投げおわった姿勢で道三を見ながら、目が飛びでるくらいおどろいた。

なぜなら斎藤道三はグイッとスイングの軌道をひねらせ、ぼくのボールをカァンとあざやかに弾きかえしたから。

まさかそんな……。

あんなに筋肉ガチガチなのに斎藤道三のスイングはやわらかく、外に逃げるボールにあわせて、まるで生きもののようにバットの軌道を変化させている。そしてきっちりと、その芯でボールをとらえたんだ。

ぼくはぼうぜんとした気持ちで、斎藤道三が打ったボールをながめていた。

それは外野のふかいところで大きくはねてフェンスまで到達し、斎藤道三はよゆうで二塁へ。明智光秀もガッツポーズでホームベースをふむ。するとワッとひびきわたる、こうふんしたお客さんの歓声。

一回で、いきなり先制点を許してしまった……。

絶対に打てないと思ったのに……。なんなんだ、さっきの道三のスイング。マムシ打法っていったっけ……。

絶望の中でそんなことを考えていたら、頭にヒカルの声がひびく。

『虎太郎クン。道三さんは美濃のマムシってあだ名だったの。油商人から下克上をかさねて出世したのが、ヘビのマムシが脱皮する姿に重なるって理由』

『――だからあのクネクネしたバットコントロールを、そのあだ名のとおりに身につけているってこと？』

『きっと、そう。やっぱりおそろしいひとだよ、道三さん』

ヒカルが、おそれのこもった口調でいった。

しかし道三、パワーだけじゃなく、あんなに高度なテクニックまで持っているなんて……。

しかもFマークまでかがやいていて、打つほうも投げるほうも、めちゃくちゃに強い。

これまでもエースで四番はたくさん相手にしてきたけど、ここまで両方を高い次元でこなした選手は見たことがない。少し不自然なほどだ。

「強すぎる……」

ぼくはくずれおちそうな体をなんとかたたせ、空を見あげてそうつぶやいた。

二回表

一回裏は五番の山中鹿介がライナーをはなつも、おもわずつきだしたぼくのグラブにぐうぜんはいってしまい、それでスリーアウト。

あたりはよかっただけに、相手は不運だったかな。そう思っていると、

『山中鹿介さんは没落した主家をたてなおすために、「我に七難八苦をさずけたまえ！」って天に祈ったひとなんだ。でも主家はまだ復興できてないから、地獄にきても七難八苦を受けたままなんだよ』

ヒカルがテレパシーでいった。なんて運の悪いひとだ……。

まあ、そんな山中鹿介の不幸体質でピンチはしのげたけど、ただそれでも先制されてしまっているし、味方にははやめに点をいれてほしいところ。でも、

「しかし道三どののあの球威と変化球のキレは、すごい。なかなかあてられんわい」

ベンチの中で、秀吉がうなりながらいう。別に道三じゃなくてもなかなかあてられないじゃん、って思っていたら、

「あと……。道三どのにかんして、気になることもあるんじゃよね」

秀吉は投球練習をしている道三を見ながらいう。

「気になること？」

「そうそう。道三どの、むかしからバッティングはうまかったんじゃがのう。でもピッチャーしてるところなんて、見たことがないんじゃ」

「そうなの？」

じゃあ投打二刀流になったのは、わりと最近ってことなのかな？　でもあのオイルスライダー、短期間で投げられるような球には見えないけど。それに……。

「っていうか、秀吉さん。野球やってる道三さんと、むかしから知りあいだったの？」

「知りあいもなにも、おぬし……」

秀吉はなにかいいかける。でもうしろから、今日はひかえにまわった徳川家康に注意するような感じで服をひっぱられ、ハッと手で口にフタをした。サルとサルまわしみたいだけど、いったいなにをいいたかったんだろう？

「ま、そんなことはどうでもいいわい」

秀吉はごまかすようにコホンとせきばらいをして、前をむく。

「それよりもこの回の先頭は信長様じゃ。信長様でダメなら、ワシらファルコンズ打線はもうどうしようもないぞ」

「……うん」

秀吉と他のバッターが同列っぽくいっているのが気になったけど、つっこんでる場合でもないし、ぼくは打席を見た。そこでは強い目の信長が、ゆったりとバットをかまえているところだった。

「父上」

信長が首をまわしながら、道三に呼びかける。

「しばらく見ぬ間にずいぶんピッチングがお上手になったようですが、しかしここは打たせていただく。ワシらには歴史を守る使命がありますゆえ」

「ほう……。信長よ。しからばのぞみどおり打たせてやろう」

「打たせてやる、ですと？」

信長は目をピクリと反応させ、道三はそれに「いかにも」と返事をした。

「ただし信長。ヒットは打てても、うぬは自分の無力を思い知るだけになるだろうがな。さあ、覚悟するがいい！　我に敗北はありえぬ！」

斎藤道三はいって、ガバッと腕をダイナミックにふりあげる。そして力強く足をふみこませると、そのまま迫力満点のフォームでボールを投げた。――でも！

「あっ！　チャンス！」

ぼくはおもわずたちあがる。だって道三は投げミスでもしたのか、その球威はいままでよりも少しにぶい。これなら！

「手かげんはしませんぞ！　いまこそ、その野望果てるとき！」

信長は大きな声でいって、バットをスイング。それはボールを見事にとらえ、左中間を割るヒットになった。

しかも見ていると、どうも相手の外野は守備がうまくない。いや、うまくないというより、あまり連係がとれていないんだ。

レフトの山中鹿介が、「この打球はせっしゃが！」と、ボールをとろうとすると、「ウルサイ！」と、なにか変な物体が横はいり。

目をこらしてよく見ると、それはさっきの打席でこわれたサイボーグ松永久秀。どうやら修理されたようだけど、腕と足が反対にくっついているし、しかも補修がガムテープで超雑だ。ポンコツ松永久秀になってしまっている。

「松永どの！　せっしゃ今日は黒ネコに横切られゲタの鼻緒がきれて、いつもどおりツイてないでござる！　たまにはいいとこ見せたいでござるからして、ちょっとボールはゆずって……げぴ！」

ボールをつかもうとした山中鹿介だけど、ここで飛んできたカラスに顔面を激突されてひっくりかえる。そのスキに松永久秀はボールをひろった。

そして信長はそのいざこざを横目に、もうぜんとマントをはためかせ、二塁をまわって三塁にむかっている。スリーベースをねらう気だ！　でも！

「あまいですよぉ」

そう声をあげたのは中継にはいったショートの朝倉義景。かえってきたボールをグラブにおさめると、流れるようなスキのない動作でボールを三塁の浅井長政に送った。相手のおもわぬ好送球だ。

「くっ！」

ここで急ブレーキをかける信長。「信長さん、二塁に帰って！」ってぼくにいわれるまでもなく信長は砂ぼこりをあげ、大いそぎで二塁にひきかえした。だけど浅井長政は、

「兄者、ご覚悟を」

と、信長の頭ごしに、ボールを朝倉義景にひょいとかえす。それを見て、また三塁にむかう信長。するとまたまた三塁に送球する朝倉義景。

「ラ、ランダウンプレーだ！」

ベースとベースの間で走者をはさみ撃ち！　しかもふたりだけでおこなうなんて、かな

り練習しているぞ！

「ハッハッハッハ！　兄者！　どうかな、ワシとワシの盟友、朝倉どののコンビネーションは！　これぞ必殺！　信長包囲フォーメーション！」

「こしゃくなっ！」

信長は歯をくいしばり、なんとか生きようと右へ左へいったりきたり。

浅井長政と朝倉義景のコンビプレーはすばやく、逃げる信長もしぶとい。はげしくいきかう三人のあたりにはやがて砂ぼこりがたちはじめ、それはちょうどほのおがあがっているようにも見えるほどで、

「おお……。信長どのが、もえておられる……」

「本能寺のようじゃあ！」

ファルコンズベンチは悲鳴のような叫びにつつまれる。

けっきょく炎上した信長は朝倉、浅井のランダウンプレーを突破できず、「アウト！」という塁審のコールをグラウンドにひびかせ、くやしそうに上をむいた。なにかを考えているような、そんな表情だった。

「でも、あのふたりで信長包囲フォーメーションなんて……。考えたね」

グラウンドをながめていると、ヒカルが真剣な顔で、あごにしたたる汗を腕でぬぐった。

「？　どうしてなの？　そりゃすばやいランダウンプレーだったけど……」

「あのね、信長さんってたしかに強い戦国武将だったけど、でもすべてが順調だったわけじゃないんだ」

ヒカルはそういうと、グラウンドの選手をそれぞれ指さしながら説明をはじめた。

「中でも浅井長政さんと朝倉義景さんが参加した『第二次信長包囲網』のときは、松永久秀さんの裏切りもからんで、かなりピンチだったらしいよ。ちなみに浅井長政さんは、信長さんの妹の旦那さんね」

それで、その信長包囲網をランダウンプレーで再現したのか……。しかもきっちり松永久秀まで参加しているし。

「しかし」

ベンチで座りながら考えていると、ぼくを大きな影がおおう。目をあげるとアウトになった信長が帰ってきていた。

「相手は想像をはるかに上まわる手ごわさだ。なんとかせんと、このままではマズい」

「うん……。道三さんのオイルスライダーも、あのフォーメーションも手ごわいし……」

ぼくがこたえかけると、信長は首を横にふった。

「それもそうだが、もっとも深刻なのは父上の頭脳よ」

「頭脳？」

ぼくが聞くと信長は「そうだ」と返事をして、どっかりベンチに腰をおろす。そして真田幸村が三振にたおれているところを、表情なく見つめた。

「さきほどの打席は、鳥肌がたつようだった。父上はどこにどう投げたら、ワシがどう打つかを知っていたのだ。知っていて、あえてあのような打ちとりかたをした。いってみれば、父上はワシをコントロールしていたことになる」

「ま、まさか……」

とは思うけど、そういえば試合前にそんなことを話してたっけ。道三はきっと、信長本人も知らないようなクセや弱点とかも知ってるかもって。

「ワシだけではない。おそらくはおまえたちをのぞくファルコンズ全員のことも知っていよう。かといってこちらは、投手としての父上を知らぬ。圧倒的に不利だ」

信長はいって、ジロリとこっちを見た。

「だからこそ、虎太郎に高臣。この試合ではおまえたちが鍵になるのだ」

信長のその目は、いつになく真剣だ。ぼくはなんだかはじめて信長にたよられたような気持ちになって、

「うん！」

と、力をこめて返事をした。

三回裏

だけどその不利な展開をくつがえせないまま、イニングは三回裏。

この回の先頭は、二番の細川ガラシャ。ヒカルによると明智光秀の娘で、なんかそれだけで信長に恨みがありそうなひと。だけどこの回は、なんだか様子が変だ。

『ねえ、ヒカル……。あの、細川ガラシャさんのうしろでぼくをにらんでいる男のひと

……、あれ、誰？』

ぼくはマウンドにたちながら、ヒカルに聞いた。だって打席にたつ細川ガラシャの背中がわには見知らぬ男のひとがいて、なぜかすごい形相でぼくをにらみつけているから。

『あれは細川忠興さんっていって、ガラシャさんの旦那さんだよ。生きてたころはガラシャさんとお話ししただけのひとにやきもちを焼いて、きりすてたりしたの。きっと一打席目に凡退したガラシャさんが心配で、ついてきたんだね』

『それってどうなの……』

あきれつつも、視線のプレッシャーがはんぱない。ここはコントロールに気をつけないと。うっかり体にあてちゃった日にはきりすてられてしまう。

「いくよ！」

ぼくはふりかぶると、指先の感覚に気をつけながらボールを投げた。

ボールはばっちりストライクゾーン。さっきの打席も内野ゴロにしているし、きっと今回もだいじょうぶ！　と、思っていたら！

「危ない！」

と、ぜんぜん危なくないのに、うしろにいた細川忠興は細川ガラシャをはがいじめ。

ボールはドスンとストライクになった。

「うそ……」

ぼくはぼうぜんと、前のふたりを見る。ピンチをすくってあげたよってとくい顔になる細川忠興と、スイングをじゃまされて怒った顔の細川ガラシャ。

『心配性なんだね、細川忠興さん』

ヒカルはのんきなことをいうけど、ちょっとやりすぎでしょ……。

細川ガラシャはそのあともバッティングをじゃまされつづけ、三振になって帰っていく。

そしてベンチでものすごくはげしい夫婦ゲンカをはじめて、明智光秀がオロオロしながらそれをとめていた。こんなとこで、いったいなにをしているんだろう……。

しかも明智光秀はつぎの打者でもあって、娘のことでつかれてしまったのか、あっさりと内野ゴロ。そしていよいよ打席にはいるのは大ボス四番、斎藤道三だ。

ぼくはしんちょうに、高臣クンとサインのこうかんをする。すると、

「フン……、ザコがなにをしても、我にはかなわぬ」

斎藤道三は首をコキコキ鳴らして、打席の中でそういった。

「……道三さん、いっとくけどまだ一点差だから。勝敗なんて、きまってないからね」

「いいや、きまっておる。もはやこの勝負見えたわ」

そういって斎藤道三は、バットでひょいとファルコンズベンチを指す。

「見るがいい。ファイアーズにはこの道三がおるというのに、うぬらのひ弱なメンバーはどうだ。サルに子供に不良……。キャプテンは無能でえらそうとくる」

「の、信長さんは無能でえらそうじゃないぞ！」

悪口をいわれ、ぼくは反射的にいいかえす。

「――それに前田慶次さんだってかぶき者で不良じゃないし、秀吉さんはサルみたいだけど守備はうまいし……。あとぼくや高臣クンはたしかに子供だけど、これまで地獄甲子園で戦ってきたんだから！　バカにしないで！」

「おろかな。ザコが束になろうと、わがバットの前には赤子どうぜん。そうだ。子供らしく、うぬらがみなで泣けば許してやらぬでもないぞ」

「な、なんだって……」

斎藤道三のその言葉は、まるでマッチをすったように、ぼくのこころへはげしい火をともした。高臣クンが「挑発にのるな」って手ぶりで伝えてきていたけど、いま、冷静になるのは無理だった。

——大切な仲間たちのことを悪くいわれて、ひけるわけがない……。

『虎太郎クン！　ぼうしのFマークが！』

ヒカルがテレパシーを送ってくるけど、それはわかっていた。だっていま、ぼくの全身からは力がみなぎりあふれてきているから。仲間を思うことによるベースボールスピリットの高まりを、ぼく自身が実感していたから。

斎藤道三は見下すように口をゆがめ、打席でバットをたてている。完全にこっちを侮っている表情だ。——このひとに、負けたくない！

ぼくは「いくぞ！」とふりかぶり、指先に神経を集中させる。そして歯をくいしばり、

「神風ライジング！」

気持ちをぶつけるように右腕をふり抜いた。――どうだ！

これが、このボールが、これまで何人ものライバルたちをアウトにしてきた、ぼくの必殺ボール！　これがあるかぎりぼくは……。

「おもしろい！　これがうぬのFマーク！　そして神風ライジングか！」

勝利を確信していると、そんな叫びがグラウンドにひびきわたる。「えっ？」という気持ちで前を見ると、斎藤道三はさっきのように頭にFをかがやかせ、ぼくのボールをするどいスイングでひっぱたいていた。

「うそっ！」

「いったはずだ！　うぬらなど、わがマムシ打法の前には赤子どうぜん！」

打球は勢いよく外野にあがり、そのまま鳥のように空を飛ぶ。そして外野スタンドの、その一番ふかい場所へつきささるようにはいっていった。

「ホ、ホームラン……」

ぼくは自分の体から、サーッと血の気がひいていくのを感じた。

3章　斎藤道三のひみつ

	1	2	3	4	5	6	7	8	9	計	H	E
桶狭間	0	0	0	0	0					0	1	0
本能寺	1	0	1	0	0					2	6	1

OKEHAZAMA Falcons

1	豊臣　秀吉	右
2	井伊　直虎	中
3	前田　慶次	左
4	織田　信長	一
5	真田　幸村	二
6	毛利　元就	遊
7	伊達　政宗	三
8	川島　高臣	捕
9	山田虎太郎	投

B
S
O

UMPIRE

CH	1B	2B	3B
赤鬼	青鬼	黒鬼	桃鬼

1	松永　久秀	中
2	細川ガラシャ	二
3	明智　光秀	一
4	斎藤　道三	投
5	山中　鹿介	左
6	朝倉　義景	遊
7	浅井　長政	三
8	長宗我部元親	右
9	加藤　清正	捕

六回表

Fマークが光った状態での神風ライジングを、ホームランにされた……。

渾身のボールだった。ぼくの全力をこめたはずだ。なのにまさか……。

――斎藤道三の前に、ぼくは本当に無力だ。

必死にがんばったけど、ぼくはさっきのホームランで、ついにそれを思い知らされた。

全力で挑んで打たれてしまい、なんだかこころの中まで打ちくだかれたみたいだ。とてつもなくくやしいけど、同じくらいの黒い絶望があった。

やっぱりファイアーズ、これまでの相手の中でまちがいなく最強だ。たよりの信長だって弱点やクセも見抜かれちゃってるし、それに……。

「……信長さん、平気なのかな……。ぼくだったら、こんな試合はいやだな……」

三振になったぼくがベンチに座ってつぶやくと、「なにがだ？」と、高臣クンが返事をしてくれた。

「だって今回の相手って、自分を恨んでいるひとばっかりじゃん。お父さんまでいるし」

「そうだろうか。まあ本人にしかわからないだろうな」

　高臣クンは短い言葉で返事をした。そっけないのが気になってチラッと見てみると、高臣クンはマウンドの斎藤道三を注意ぶかく、じっとながめている。なにか気になることでもあるのかな？

「……高臣クンは、そう思わない？」

「戦国時代はサバイバルだ。強い戦国武将ほど恨まれるのはしかたがないだろう」

「そうかもしれないけどさ」

　そういえばいま、打席でねばっている秀吉も、さっき恨まれじまんをしていたっけ。あれ、恨まれ度数＝強い武将って意味でいってたのかも。

「それに虎太郎。おまえは信長さんに同情するが、憎しみというのは、けっこう身近でもあるものじゃないのか？　おまえも竜二のことをあれこれいってたろう」

「あ、うん……」

「それなら現世のつぎの試合、竜二は、おまえが同情する信長さんのようになるぞ。ウチのみんなは、あいつを憎んでいるんだからな」

「あ」

ハッとしたところで「ほう」と、会話にはいってきたのは信長だ。あごをつまみ、めずらしいものを見る目でぼくを見つめた。

「虎太郎よ。ワシは貴様を、野球以外ではおだやかな性格の子供だと思っておったが、一人前にひとを憎むか」

「憎むっていうと、大げさだけど……」

ぼくはため息とともに、現世であったことを信長に話した。

竜二クンがぼくたちのチームを裏切って、他のチームにはいったこと。そしてそのことをぼくだけじゃなくて、みんなが怒っていたこと。そしてつぎの日曜日、そのチームと試合があること……。

ぼくがそれらを身ぶり手ぶりを交えて話す間、信長はときどきうなずきながら、だまって聞いていた。まるでグチをこぼしているような気持ちだった。

「——ってわけなんだ。だから今度の試合じゃ、竜二クンをたおす気持ちでやろうって、そんなことをみんなでいっていて……」

信長は「そうか……」と考えるような呼吸のあと、

「ひとつ聞くが、貴様は野球がしたいのか、ケンカがしたいのか、どっちだ？」

と、真顔で聞いてきた。

「ケ、ケンカ？　ううん。ケンカなんてしたいわけじゃないよ。野球がしたい。でも……」

ここまでいって、ぼくは言葉を失う。そして頭をかかえると、下をむいて大きく息をはきだした。

「――いっそ、竜二クンをウチに誘わなきゃよかったんだ。あれをなかったことにできれば、こんな思いはせずにすむのに。――って、そうだ！」

ここでぼくは、いいことを思いつく。

「ねえねえ。信長さんって、優勝しても歴史を変えないんでしょ？　だったらぼくにその権利をちょうだい。それを使ってぼく、竜二クンとの……」

「たしかに、そうすれば楽であろうな」

信長はぼくの話を、途中でさえぎっていった。

「しかし安易に過去を変えるべきではない。ワシらはそのために戦っているはずだが」

「あ……」

信長の口調は、ぼくにいい聞かせるような、やや強いものだった。

でも、それもそのはずだ。だってファルコンズは歴史を守るため、過去をなかったことにさせないためにがんばっているのに。それなのにピッチャーのぼくが、たとえ軽い気持ちだったとしても、そんなことをいってしまったなんて……。

「――ごめん」

「かまわぬ。それに貴様にかぎらず、つい考えてしまうことはしかたない。ひとはうしろむきにしかものを理解できぬが、前むきにしかすすめぬ。だからこそ、これまでの対戦相手たちは理想の実現のため、安直に歴史の操作をしようとしていたのだが……」

「……うん」

「しかし、わすれてはならん。過去とはそっとしずかに、ワシらの背中を見守るだけの存在だ。永遠にな。現在の苦痛から逃げてはならぬ。人生とはその上につくるものである」

信長の言葉に、ぼくは下をむく。すると、

「おれも、信長さんの意見に賛成だ」

高臣クンもこっちをむき、信長に同調した。

「虎太郎。だまっていたがじつは竜二には小さな妹がいる。いつもお兄ちゃん、お兄ちゃんとついてまわって、野球がうまい竜二をほこりに思っている妹だ」

「そ、そうなんだ……」

「そして今回のことは、じつは妹も関係している。妹はお兄ちゃんが大好きで、竜二はいつもその期待にこたえなければならない。──だから」

「だから、レギュラー確約のチームにいっちゃった……？」

言葉をひきとって問いかけると、高臣クンはだまってうなずいた。理由がわかると、ぼくは安易に彼を責めていたことが恥ずかしくなった。

「ワシも……」

信長がグラウンドを見ながら、つぶやくようにいう。

「……光秀のヤツから裏切りを受けたが、しかしヤツの事情ももう少しくんでやるべきだったと思う。あのときにそれができていたなら、こういうことにならなかったかもしれぬ。虎太郎よ。ワシにもいまの貴様のような後悔があるのだ」

「信長さん……」

めずらしくひかえ目な彼の口調に、ぼくは軽いおどろきを覚えた。

「だが、ワシはあのときのあの事実を消そうとは思わぬ。虎太郎、やりなおしのきく過去に価値はあると思うか？　操作された上につくられる未来は本当に楽しいものか？」

「うん……」

信長の言葉は、ぼくの胸の奥にひびきわたった。これまで歴史を守るとはいっても、そこにどういう意味があるか、ぼくは具体的によくのみこめていなかったから。

でも信長の話を聞いて、大事なのは事実をしっかりと受けとめ、そしてそこから反省したり学んだりして未来にすすむことだと理解した。なんだかそれって、歴史を勉強する意味と似ているなあ、と、なんとなく思った。

ぼくはその気持ちをこころの中において、グラウンドにちらばるファイアーズナインを見た。するとその誰もが、憎しみに満ちた表情をうかべていた。

「……ねえ、高臣クン」

呼びかけると高臣クンはマウンドを気にしつつ、チラッとこっちをむいた。

「いま聞いたようなことってさ、きっと明智光秀さんたちは知らないよね……」

「まあ、そうだな。信長さんが憎いってことで、頭がいっぱいだろうし」

高臣クンが斎藤道三をじっと見ながらこたえた。

「じゃあ、教えてあげたいな。そしたらきっと、あのひとたちも恨みや憎しみから前にすすめるだろうから」

つぶやくようにいったら、「ほう」と、信長がぼくを見た。

「いうようになったのう、虎太郎。はじめてあったときとは、天地のちがいじゃ。——しかし、どうやってヤツにそれを伝える？」

「勝って伝えないと」

負けてからそんなことといったって、きっとむこうは負け惜しみとしかとってくれない。なら勝って、その上で伝えなきゃ説得力がない。

「よういうた」

信長はわらって、ぼくの頭を乱暴にワシャワシャとなでた。そろそろつきあいも長くなってきたぼくは、なんとなくその仕草で、信長がよろこんでいるんだとわかった。

「だけど……、勝つにはやっぱり作戦がいるよ。これまで相手のエラーでしかチャンスをつくれてないし……。神風ライジングまで打たれちゃって、もうどうしようもない」

前を見ながら話していると、打席では秀吉がめずらしくねばっていたけど、やっぱり斎藤道三の前になすすべなくセカンドゴロになっていた。

打球はセカンドの細川ガラシャがお手玉して少しびみょうな判定になったけど、やっぱりアウト。斎藤道三のオイルスライダーはすさまじい。

だけどそれを見た信長は意味ありげにニヤリとわらい、「高臣」と、呼びかける。

「貴様、さっきから父上を見ているな？　気づいたか？」

信長の言葉に、高臣クンはコクリとうなずいた。すると信長はその場でたちあがり、ベンチの中の選手たちに大きな声をだす。

「よいか、みなの者！」

信長は手をのばし、全員の注目を集めた。そして、

「いま、攻守ともに作戦は完成した！　だまっているのもここまで！　つぎの回から反撃

開始じゃ！」

そう宣言して、ファルコンズにいさましい声をあげさせた。

七回表

「とうっ！」

と、伊達政宗が寝かせたバットをつきだすと、道三の投げたボールにコツンとあたり、それはセカンド方向へコロコロところがっていく。

ふつうだったらセカンドが処理してファーストに送球……、のはずだけど。

「クッ！」「あらあら」

と、ファーストの明智光秀、セカンドの細川ガラシャが親娘でお見合いしちゃって、誰もボールをとらず、オールセーフ。

「すごいね、虎太郎クン。信長さんが見つけだした、相手の弱点」

ヒカルが手をにぎり、うれしそうな声でいった。

「うん。いわれてみればファイアーズ、守備でミスがあったもんね。きっといままで斎藤道三さんのピッチングにたよりきりで、ぜんぜん練習しなかったんだよ」

攻撃面での信長の作戦は、バント攻撃だった。

打つのはむずかしいオイルスライダーだけど、あてるだけならなんとかなりそうだ。

ふつうだったら、『あてるだけ』の攻撃なんてすぐ対策されてしまうところだけど、信長が目をつけたのは、ヒカルのいうとおり守備だった。

なぜなら信長さんへの恨みだけで集まった彼らは連係がぜんぜんとれていなくて、いってみればチームプレーができていない状態だ。

――これなら、いけるかも！


この七回。先頭の井伊直虎こそセカンドゴロになったけど、そのあとのファルコンズはすごかった。

前田慶次がセーフティバントをきめると、信長もバント。残念ながら信長はアウトになったけど前田慶次は二塁にすすみ、そのチャンスで打席にはいるのは真田幸村。なんとひさしぶりに妖刀村正バット打法を解禁して、エネルギーを吸いとられながらもヒットをはなち、ようやくあの斎藤道三から一点をもぎとった。

「しかも！　さっきの毛利元就さんといまの伊達政宗さんの連続セーフティバントで、ツーアウトだけど満塁の大チャンスだよ。ここしかない！」

ヒカルが前を見ながら、弾んだ口調でいう。

ぼくもそれには同じ意見で、このチャンスで打席に登場するのは高臣クン。バッターボックスにたつなり、バットを寝かせてバントのかまえ。でも、信長のサインは……。

「うぬう〜。ちょこまかと小細工をろうしおって！」

おでこにいかりのしわを刻んだ斎藤道三。ボールをつかむ手がプルプルとふるえていて、かなりイライラがたまっていそうだ。すると、

「道三さん」

打席の高臣クンが、バットを横にしたまま呼びかける。

「そろそろあなたの出番もおしまいだ。裏切りのマムシ、終わりのときがきたのだ」

「おのれぇ〜。いわせておけば！　この道三の力をあまく見るでないわ！　わがファイ

アーズの守備とて、もうバントにはなれてきたころよ！」

斎藤道三は目をつりあげて怒り、足をあげた。そして、

「ぬわりゃ！」

という叫びとともに、ボールを投げる。

それはバントをさせないという気迫が伝わってくる、すさまじい勢いのストレートだった。本当にバントする気なら、高臣クンは失敗していたかもしれない。でも！

「な、なにいっ！」

斎藤道三はおどろきの声をあげた。

なぜなら高臣クンはバントのかまえからスッとバットをひき、そしてそこから小さくスイング。バントに見せかけて打ちにいくバスターだ！

「ストレートなら、おれにもあてられる！」

シュッとふり抜いてあてたそれはボテボテのゴロだったけど、バントと思って用意していた相手守備は対応しきれず、その間を抜けていく。信長の作戦どおりだ！

「いいぞ！」

ぼくは手をにぎってホームを見守った。

三塁ランナーの真田幸村はフラフラになりながら還ってきて、これで同点！　しかも二塁ランナーの毛利元就もホームめがけて、猛烈な勢いでつっこんでくる。

「ぬおおお！　これで逆転だっ！」

ザザーッと砂ぼこりをまいあげ、飛びこむようなスライディングを見せる毛利元就。相手キャッチャーの加藤清正はかえってきたボールを受けとると、

「させるかっ！」

と、そのスライディングを鉄壁のブロックでガードする。

「じ、地獄には、まだコリジョンルールはないのだ！　どうなる！」

徳川家康が身をのりだした。

コリジョンルールとは、ホームで走者と捕手の衝突を防止する現世のルール。地獄でそれがないのなら、毛利元就と加藤清正、逆転とその阻止をかけた意地のぶつかりあいだ！

「やるな、加藤清正どの！　しかしここだ！」

股下のわずかなすき間から足をいれる毛利元就。しかし加藤清正は目を光らせると、

「必殺！　熊本城スペシャル！」


　と、叫んで足をとじ、再びそのブロックに力をこめた。おもわず「くっ！」と、足をひっこめる毛利元就。

「く、熊本城っ？」

「虎太郎クン！　加藤清正さんは、熊本城を難攻不落の名城にしたことで有名なんだよ！　だからホームの守備は鉄壁なの！」

　ヒカルがこめかみに汗を流しながらいった。たしかにこのままでは、ぶつかって毛利元就がアウトになる。——しかし！

「まだだ！　スキあり！」

　毛利元就はなんとか生きようと、加藤清正の横からホームベースに手をのばした。

　——やった！　これで逆転！

　ぼくはおもわずガッツポーズの用意をするけど、

「熊本城は！　不滅じゃあああああああ！」

と、加藤清正はグラウンド中に気合いをひびかせ、まるでテーブルをひっくりかえすような強引さで、なんと毛利元就を体ごと弾きかえした。

「ア、アウトォ！」

砂けむりがおさまると、三塁線の上であおむけになる毛利元就が見えた。そのはげしいプレーにスタジアムに歓声がわき起こるけど、ファルコンズベンチは「ああ……」と、失意の声で静まりかえった。

残念だった。おしかった。でも……。

でも、敵ながらすごい技だった、熊本城スペシャル。

ぼくは実物の熊本城を見たことがないけど、でもそれはどんな危機だって、たとえ逆境の中にあっても、きっとはねかえすことができる名城なんだなってことは、いまのプレーを見るだけでわかるほど。

それによってウチは逆転できなかったけど……。

でも信長のおかげで、ようやく2―2の同点までもってこられた。バントはまだ通用するかわからないけど、でも点をとるのが可能であるとしめしただけでも、意味は大きい。

あとはぼくが、もう点をやらないように投げるだけだ。

七回裏

カーンと明智光秀が鳴らした快音は、あっさりとボールをスタンドまではこんでいった。

「うそ……」

ぼくはマウンドにひざをつき、ポカンとそれを見守る。

せっかく仲間が必死の思いで同点にしてくれたのに……。

「ヒャハハハハ！　残念だったな、小僧！　ふったらあたったわ！」

明智光秀はぼくをわらいながら、ゆっくりとダイヤモンドを一周していた。

まさかまさかまさか。本当にまさか、この反撃ムードの中で、まさかまさかまさか明智光秀にホームランを打たれちゃうなんて……。もう試合も終盤。歴史とむきあおう、後悔から学ぼうって、きちんと勝って相手のみんなに伝えたいのに……。

クソ……。泣きそうな気持ちでいると、

「虎太郎。肩をおとすな。気持ちをきりかえろ」

高臣クンが、いつもの無表情でマウンドまできてくれた。

「でも……。せっかく同点にしてもらったのに……」

「たしかにそうだが試合が終わったわけじゃない。ここをふんばれば、まだ希望がある」

「……ホントに？」

顔をあげて聞いてみたら、「――かもしれない」と、高臣クンは目をそらしてつけくわえた。一気にたよりなくなった。

「まあ、虎太郎。それはそれとしてだ。つぎの打者の道三さんだが」

「――うん」

ぼくはつばを飲みこむ。なにか作戦があるのかと思ったけど、

「敬遠しよう」

高臣クンは、あっさりとそういった。

「け、敬遠っ？　ランナーだっていないじゃない！　どうしてそんな……」

「おちつけ、虎太郎」

高臣クンはぼくの肩に手をおいて、じっとこっちを見つめた。

「これは逃げじゃない。おれと信長さんでたてた作戦で、そのために必要な敬遠だ。おれたちを信じろ」

「高臣クンと、信長さんを……？」

「そうだ。自信のある作戦だ。信長さんなど、『この作戦が失敗したら、ワシはもうハゲネズミをなぐらぬ』といっているくらいだ。信じろ」

それ、作戦が失敗したとしても無理っぽいけど……。

「……わかった……」

ぼくは、ちょっとうつむきかげんでこたえた。脳裏には道三のすごいパワーがチラついて不安があったけど、でも高臣クンに面とむかってそんなこといわれたら、うなずくしかないじゃん。ちょっとてれくさいし。

そのあと、ぼくはいわれたとおり斎藤道三を敬遠した。すると勝負しなかったのが不満なのか、ブスッとした顔で一塁にたつ道三。

そしてぼくはそんな道三に、何度かけん制球を投げた。

信長はボールを受けとるたびに斎藤道三へタッチしているけど、そもそもリードも大きくないしアウトにできると思えない。なのに高臣クンはなぜか、何度もけん制球のサインをだしてくる。

そのあとの打者はうまくおさえることができたけど、これ、もしもけん制球でのアウトをねらっていたなら、それは高臣クンと信長の失敗だ。

たしかに敬遠なら道三から打たれる可能性はなくなるけど、けん制球でのアウトって、あてにするにはあまりに確率が低すぎる。

その場合は秀吉の弟子として、とても不名誉なことに……、ならないかな、やっぱり。

八回表

それは、とつぜんの出来事だった。

七回裏が終わって、選手たちがみんなひきあげているときだ。

つぎの回の先頭バッターはぼく。だからまだグラウンドにいる選手を横目に、ぼくは大いそぎでベンチにもどって準備をしていたんだけど、

「聞けい、みなの衆！」

信長はベンチの前にたち、空の果てまでひびきわたるような大声で、地獄甲子園にいる全員に話しかけた。その雄叫びのような呼びかけに、地獄甲子園の観客や選手たちは、

「なんだ、なんだ？」って感じでザワつきだす。

信長、いきなりなんだろう？　なにをするつもり？　ハラハラして見ていると、

「斎藤道三はふたりいる！　投打でいれかわっているぞっ！」


はっきりと断定する口調で、ベンチにもどる斎藤道三を指さした。

「さ、斎藤道三が……」

「ふたり……？」

場内のお客さんは、信長の信じられない言葉を聞いてさらにザワつく。そしてそれは、ぼくだってそうだ。

「ね、ねえ、ヒカル……。信長さん、なにいってんの？　道三さんがふたりいるなんて……」

「う、ううん。そういえば、あたしも聞いたことあるよ」

「えっ」

こころあたりがありそうなヒカルに、おもわず首をまわして彼女を見るぼく。

「じつはね、虎太郎クン。斎藤道三二人説っていうの、前からうわさになってたんだ。ずっと伝えられていた斎藤道三さんの国盗り物語は、じつは道三さんのパパの話もまじってるんだって！　ちなみに油商人は道三さんじゃなくパパ道三のほうだから……」

「じゃあ、オイルスライダーを投げてるのは、道三さんのお父さんだったってこと？」

ぼくの問いかけに、ヒカルはゆっくりとうなずく。

なるほど……。でも、そう考えたほうがしっくりくることもある。

そもそも不自然だと思っていた。いくらなんでも投げては剛速球、えぐるようにまがるスライダー、打ってはとんでもない飛距離のホームランなんてひと、現世でも存在すらあ

やしい。いればメジャーリーグでスターになれるぞ。

しかしここで、「バ、バカな！」と、相手ベンチの前から声を荒げるのは明智光秀。

「信長よ！　そこまでいうからにはなにか証拠でもあるのか！　道三親子は顔がそっくりなんだから、わかるわけがないだろう！」

すでに半分くらい白状しちゃってる感じだけど、信長は冷静だ。

「むろん証拠ならある。父上のその袈裟よ」

「け、袈裟だとっ？」

袈裟とは道三さんの、お坊さんが着てそうなユニフォームだ。

「さきほど、虎太郎のけん制球でワシがタッチしたとき、グラブで父上の袈裟にインクをつけておいた。もしも同一人物なら、ピッチャーの父上……、いや、じいさまにもそのよごれがあるはず！」

「な、なにいっ！」

「おっと、みょうな動きをするなよ！」

信長は釘をさすようにいうと、

「本多忠勝！　島津義久！　相手が証拠を消さぬよう、見張っておれ！」

と、今日は前の試合でケガをして、ひかえにまわったふたりに指示をだす。すると彼らはすごい勢いで斎藤道三にはりつき、蚊だって見逃さないほどの目力でにらみつけた。

「く、くぅ……。信長め、またしても！」

明智光秀は大げさにのけぞり、歯ぎしりをする。動揺はすごくて、もう「指摘されたことは図星です」って自白しているようなリアクションだ。

それにしても……。

――ぼくに指示したさっきの敬遠とけん制球は、このためだったのか……。

ってことは、高臣クンがいっていた作戦ってこれだな。道三がいれかわっているなんて、ぼくじゃぜんぜん気がつけなかった……。さすが高臣クンと信長。

感心してグラウンドのやりとりを見ていると、

「明智さん、いま織田さんがいったのは本当ですか？」

審判の赤鬼が、明智光秀に近づいた。

「いや、本当というかウソというか、そのあの」

「はっきりしてください。もし本当ならこの試合、悪質な反則でファイアーズの負けになりますが……」

「うう……」

冷や汗ダラダラ、目がキョロキョロ。はげしく動揺しながらあとずさる明智光秀。ここからどうするのかと思っていると、

「の、信長のいってることは、まっっっっったくのデタラメだ！　デタラメだが、……ファイアーズはピッチャーを交替する！」

と、大きな声でいった。

ファイアーズのあたらしいピッチャーが、マウンドで投球練習をはじめた。

そしてそれを見たぼくは、「うそ……？」と、おどろきをポツリとつぶやいていた。

なぜなら大歓声の中でマウンドにたつのは、なんと明智光秀。ポンポンとロージンバッグのけむりをあげながら、

「それがしは、つかれるのがいやなんだよ、もう……」

と、ブスッとした顔をしてボールのにぎりをたしかめている。ぼくはベンチの前でバットを持ち、しゃがみながらそれをながめていた。

そして目の前の事態についていけず、質問してくるのはヒカルだ。

「ねえ虎太郎クン。つまりこれ、どういうことになってるの？」

「えっとね、つまり……」

つまり流れとしては、道三がふたりいると信長と高臣クンが見破った。そして信長がバッターの道三の服に、目印になるインクをつけた。だからバッターの道三はそのまま試合に出場できるけど、ピッチャーのパパ道三は服によごれがなく、不正をしていた証拠になるからもう試合にでられない。……ってことか。

でもだからって、代わりのピッチャーが明智光秀なんて……。

「うーん、あたし、それでもわからないんだけど」

考えていると、ヒカルがまたふしぎそうな声をだす。目をむけると彼女は信長のほうをチラチラ見ながら、テレパシーで話しかけてきた。

『……虎太郎クン。どうして信長さん、さっきのタイミングで、相手のズルをバラしたのかな？』

『？　どうして、って？』

『だってパパ道三がマウンドにでてきてから「斎藤道三はふたりいる」って見破ったら、証拠がマウンドにいるから決定的じゃん。あっちは反則負けだよ』

『そういえばそうだね。――でも』

ぼくはちょっと考えて、そしてできるだけやわらかい口調でいった。

『きっと信長さんも、野球で勝って光秀さんにいいたいことがあるんだよ』

『――そっか』

返事をするヒカルはにっこりとわらっていた。納得できたみたいで、ぼくもうれしい。けど……。

「でも……。ピッチャーになった明智光秀さん、まさか道三さんよりすごいってこと、ないよね……？」

いきなりなさけないことを声にだしていったら、ヒカルはにがわらい。するとヒカルのとなりに座る高臣クンが「ふう」と、あきれたようなため息をついた。

「そりゃないだろう、虎太郎。すごければ、さいしょから自分が投げているはずだ」

「そっか。なら、いいんだけど」

「ああ。それよりも、いよいよだぞ」

高臣クンは真剣な顔になって、ぼくの目をじっと見つめた。

「いいか。おれとおまえはここで勝利して、命をとりもどさなければならない。歴史を守り、そして自由になるために」

「うん……。自由になって、ぼくも現世でしなきゃいけないことがあるんだ。このままじゃ竜二クンもウチのチームメイトも、きっとよくないことになっちゃうから」

「ああ。おれはおまえのランドセルを使って、自由に地獄へでいりすることにする。師匠やヒカルさんや、他にも歴史上の有名人とあうために……！」

高臣クンは手をグッとにぎるけど、それ、自由になる意味ある……？

こころの中で高臣クンにつっこんでいると、やがて明智光秀は投球練習を終えた。ぼくはそれを見てから、ペコリと頭をさげて打席にはいる。

明智光秀……、本当にピッチャーなんてできるのかな……？　だいたいキャプテンなのに今日はいいとこ見てないし、もしかしたらぼくでも打てるかも……。道三みたいな迫力も感じられないし。

——そうだ。きっとうまくいく。ぼくでも打てる。つぎの秀吉は知らないけど。

期待してバットをたてると、すぐに審判からプレイボールのコールがかかった。すると明智光秀は足をあげ腕をまわし、

「くらえい！　わが恨みを！」

と、鬼のような形相で、ビュッと腕をふり抜いた。

ただ表情にあらわれるその気合いはすごいけど、でも投げられた球はど真ん中の絶好球！　そしてやっぱり道三ほどの球威もない！

——これなら！

ぼくは「たあっ！」とバットをふるけど、「あれっ！」ってスカッと空振り。

ボールは予想外にぐぐっと手前にまがる変化球で、ぼくはおもわず明智光秀に目をやった。だってさっきの投手交替はきっと苦しまぎれで、まさか変化球を投げられるなんて思わなかったから。

「ククク……。あまりそれがしをあまく見るなよ……」

ボールを受けとり、マウンドであやしい笑みをうかべる明智光秀。

「なんじゃ！　どういうことじゃ、三日天下の明智光太郎！」

「いいかげんにしろ！　十一日天下！　あと明智光秀だ！」

秀吉のヤジに、ドンドンと足ぶみしてこたえる明智光秀。ビシッと空振りをとったこんなときでも、カッコよくなりきれないひとだ……。

「いいか、よく聞け、しょくん！」

明智光秀は気をとりなおすように前髪をかきわけ、言葉をつづけた。

「元々、それがしはクローザーとして、最終回に登板する予定だったのだ！　それが一イニングはやまっただけ！　だいたいは予定どおりといえよう！」

「ク、クローザーだって！」

ぼくはおもわず口にした。

だってクローザーっていうのは、相手のさいごの攻撃をビシッとおさえる役目のピッチャー。勝利がかかるから、一番信頼されているリリーフがまかされるポジションだ。

――それが、明智光秀だって……？　苦しまぎれの交替じゃなかったのか……！

「ほらほら！　いくぞ！　つぎのボールだ！」

明智光秀はヒャハハとわらいながら、つぎつぎにボールを投げてくる。

一球目と同じようにシュートかと思えば、するどくまがるスライダー。つぎはなんだろうと変化球にそなえていると、さいごはストレート。

たしかに道三ほど球威やキレはないけど、とにかく明智光秀のボールは変幻自在。ぼくは完全に手玉にとられちゃって、

「ストライク！　バッターアウト！」

という審判のコールを、地面にころがって聞くことになってしまった。

「ククク……。残念だったなあ、小僧。うまく道三どのをひっこめたつもりだったろうが、それが仇になったようだ」

ぼくを見下すように、手を腰にあてる明智光秀。

「まあ、悪く思うな！　道三どのの剛速球や変化球のあとでは、どんなボールでもタイミングがくるう！　そしてそれがしはこの日にそなえ、老ノ坂越えスライダー、明智越え

OKEHAZAMA
Falcons

シュート、唐櫃越えストレート、この三種のボールをマスターしていたのだ！」

「な、なにそのボールの名前……」

ぼくはしりもちをつきながら、あまりにダサいセンスにふるえ、明智光秀を見あげた。

『虎太郎クン！　さっきあたしさ、明智光秀さんが本能寺を目指したとき、軍をみっつのルートにわけて進軍させたっていったでしょ？』

『あ、うん。たしか……』

ヒカルの言葉に、ぼくは思いだす。

『そのみっつの変化球の名前って、明智光秀さんの軍がたどった道の名前だよ！　クネクネしたルートもあるし、きっとすすんだ道筋をイメージした変化球にしているんだ！』

『な、なにそれ。道筋を変化球にするって、え？　どんな発想なの？』

ぼくはヒカルに問いかけるけど、彼女はそれきりなにもかえしてこなかった。知らんぷりするの、ナシだよ……。

あらゆる意味でおそれおののいていると、

「ククク……！」

明智光秀が、さらに口をゆがめた。でもわらいかたを無理していたのか「ゲホッ」とちょっとだけむせてから、それをなかったことのようにしてぼくをビシッと指さす。

「わかったか！　それがしのこのボールこそ、ファイアーズのとっておき、『本能寺シリーズ』だ！　思いだすぞ。道をいく間に信長めをああしてやるこうしてやると考えて……。本能寺シリーズは、それがしの恨みの詰めあわせだ！　絶対に打てぬ！」

いってる間に生きてたときのことを思いだしたのか、明智光秀はちょっとなみだぐむ。

それにしても、なんていやなものを詰めあわせるんだ……。

そのあとのファルコンズ打線は、明智光秀の本能寺シリーズの前に沈黙。

秀吉はとうぜんとして、井伊直虎も手がでない。

たしかに変化球自体も変幻自在で打ちにくいけど、それ以上に斎藤道三のボールを見たあとというのが大きい。ふたりはまったくタイプがちがうピッチャーだから、ボールの残像が目に焼きついていて、タイミングがとてもとりづらいんだ。

たぶん明智光秀はそこまで計算して、自分をクローザーにしていたんだろう。これまではどっちかというとゆだんしていた相手だったけど、とんだ計算ちがいだった。

これ、もしかしたら道三にそのまま投げられるよりも、やっかいなピッチャーなんじゃないか……？

八回裏

「よしっ！」

ぼくは先頭の浅井長政を打ちとると、おもわずガッツポーズ。

試合ももう終盤。肩はだんだんとくたびれてきていて、それだけにアウトをひとつとったときの安心感も大きい。

とにかくこっちの攻撃は、たぶんあと一回。そして一点リードされている。

だからこそ、ここからの失点は絶対にふせがないと……。

ぼくはそう決意して、つぎの八番、長宗我部元親を見た。

するとただ見ただけなのに、バットをたてていた長宗我部元親はなぜかビクッと肩をすくませる。このひと戦国武将のはずなのに、ちょっとナヨナヨしていてたよりない感じ。

『長宗我部元親さんは四国で活躍した武将で、子供のころは姫若子って呼ばれていたんだ。大人しい性格だったからだろうね。でも……』

ヒカルは説明して言葉をつづけようとするけど、長宗我部元親はもうかまえちゃってるし、あまり待たせられない。

まあ下位打線で今日は無安打だし、そこまで警戒することもないか。

ぼくはヒカルの説明をあとにして、そのままボールを投げた。するとそれを見た長宗我部元親はするどく目を光らせ、グッと手に力をいれる。

え？　打つ気？　って思ったその瞬間！

「ふんが！」

なんと長宗我部元親は、うしろにいる審判の鬼の角をわしづかみ！　そしてそのまま審判をバットのようにブーンとふりまわし、ぼくが投げたボールをガキンと見事に打ち抜いた！　打球はレフトの頭上を、ライナーになっておそっていく！

「痛いいいいいい！」

バットにされた上に打ったあとはほうり投げられ、えーんとなみだを流す赤鬼。まさに泣いた赤鬼。まさか審判の赤鬼をバットがわりにしちゃうなんて！

「こ、こんなのって……」

地獄で何回も試合をしたけど、ここまで暴力的な打ちかたははじめてだ。ショックであわあわと腰を抜かしたら、ヒカルがたたみかけるように話しかけてきた。

『虎太郎クン！　説明はさいごまで聞かないと！　長宗我部元親さん、子供のころは大人しかったけど、戦になると鬼若子って呼ばれるくらい強くなったんだよ！　だから、ここぞって場面では赤鬼さんをバットにしちゃうんだ！』

ヒカルは説明をつづけるけど、『だから』の意味がよくわからない。

それに！　審判をバットにしちゃうなんて、いくらなんでも反則じゃないの？

ぼくがそう思うと赤鬼はグラウンドにはいつくばったまま、必死で手を頭の上でむすび、全身を使った丸のポーズ。弱ってるのにぼくの疑問をさきまわりしないでほしい。

「クソッ！」

メチャクチャな打ちかただけど、ここで長宗我部元親が塁にでちゃったらやっかいだ。

つぎの九番・加藤清正に送りバントされると、打線が上位にまわってしまう！

ぼくは助けをもとめるような気持ちで、ライナーになった打球を見守る。すると、

「長宗我部よ！　おまえ、いま、これがヒットになると思ったろ！」

前田慶次はボールにむかって猛ダッシュ。そして腕をのばしてそれにくらいつくと、打球をそのグラブで見事につかみとった！　すごいぞ！　ファインプレーだ！

「見たかよ！　バッターの『え〜、ヒットと思ったのに』ってガックリした顔、最高にスカッとするな！」

前田慶次はニヤリとわらい、性格をうたがうようなことをいう。そしてその場でスックとたちあがった。――でも……。

あれ？　ちょっとたちあがるとき痛そうだったような……。

前田慶次は少しそんなそぶりを見せたけど、ぼくの気のせいだったかもしれない。彼は鎧についたよごれを払うと、まるでなにもなかったように、スタスタと守備位置にもどっていった。

ぼくはそのあと加藤清正をなんとか三振にして、この回を無失点におさえた。

でも、つぎのイニングで点がはいらなければ、すべてが終わる。

このまま負ければぼくと高臣クンの命は半分になったままだし、歴史もきっと変えられてしまうだろう。そうなれば、現代にどんな影響がでるかわからない。

いや、そもそも歴史とはみんなが積みかさねてきた大事なもの。信長のいうとおり、変えられないからこそ価値があるものだ。

だから、それはぼくたちが守らなくてはならない……。なんとしても。

ぼくは、あとはまかせたって気持ちで、ベンチに帰る。

するとそこにいるみんなは、まるでぼくの期待にこたえるように、グラウンドにするどい眼光を飛ばしていた。

4章 決着！ 栄冠は誰の手に!?

	1	2	3	4	5	6	7	8	9	計	H	E
桶狭間	0	0	0	0	0	0	2	0		2	6	0
本能寺	1	0	1	0	0	0	1	0		3	7	1

OKEHAZAMA Falcons

1 豊臣 秀吉 右
2 井伊 直虎 中
3 前田 慶次 左
4 織田 信長 一
5 真田 幸村 二
6 毛利 元就 遊
7 伊達 政宗 三
8 川島 高臣 捕
9 山田虎太郎 投

B
S
O

UMPIRE

CH	1B	2B	3B
赤鬼	青鬼	黒鬼	桃鬼

本能寺 Fires

1 松永 久秀 中
2 細川ガラシャ 二
3 明智 光秀 投
4 斎藤 道三 一
5 山中 鹿介 左
6 朝倉 義景 遊
7 浅井 長政 三
8 長宗我部元親 右
9 加藤 清正 捕

九回表

「そんじゃー、この回はおれからだなぁ」

いよいよやってきた最終回。

大歓声の中で前田慶次はバットを肩にかつぎ、がに股歩きでベンチをでていく。さっきのファインプレーもあるし、その背中はとてもたよりがいがあるように、ぼくには思えた。

——たのむぞ、前田慶次……。

念じるようにこころで思うと、となりの高臣クンがこっちをむいて口をひらく。

「虎太郎。いよいよさいごのチャンスだ。さっきのプレーのあとだし、前田慶次さんに期待するしかないな」

その言葉に、ぼくは顔をひきしめて「うん」とうなずいた。

「前田慶次さん、打てるようにあたしもお祈りしなきゃ！」

ヒカルの言葉に、高臣クンはデレデレした顔で「うん」とうなずいた。本当に命と歴史をかけて戦っているのか不安になってしまう。

そんなやりとりをながめていると、

「待てい、前田慶次」

信長が、なぜか前田慶次を呼びとめる。そしてスタスタと彼に近づき、なにかをたしかめるようにその足をコンとたたいた。なにかアドバイスをするのかと思っていると、

「痛っ！」

前田慶次が顔をゆがめ、そのあと「……くない！」と、つづける。けど、さすがにそれは苦しい。前田慶次、きっとさっきの守備で足を痛めていたんだ……。

ファルコンズ全員の顔色がサッと青くなる中、信長は腕をくんで前田慶次を見つめた。

「前田慶次。意地っぱりの貴様が顔をしかめるくらいじゃ。だいぶ痛むようだな」

「痛くねえっていってんだろーが！　これくらい屁でもねーって、信長のダンナ」

前田慶次は、そういって強がる。だけどもう一度信長に同じところをガツンとたたかれると、「あんぎゃあ！」と叫んで地面にうずくまった。信長、いまけっこう本気でなぐってたけど……。

「安心せい、前田慶次。貴様のかたきはとってやる」

「いや、いまおれをなぐったのは、信長のダンナ……」

いいかける前田慶次を、ギロリとにらむ信長。そして目をそらしてだまる前田慶次。

まさか味方のかぶき者すらだまらせちゃうなんて……。ぼくが信長の親とかだったら、
たぶん「そういうとこだぞ！」ってお説教してると思う。

「いいか、みなの者！　前田慶次は無念だった！　しかし！」

信長はベンチをふりむくと、自分は無関係だって感じで大声をだした。

「わがファルコンズには、この場にふさわしい代打がいる！　ヤツにまかせておけば、かならずいいけっかがもたらされよう！」


キィンとグラウンドにひびく音は、たぶんこれで二十回目。

だけどこのねばりこそが、代打にはいったこのひとの持ち味だろう。

だって『鳴かぬなら、鳴くまで待とう、ホトトギス』って表現されるくらい、チャンスがくるまで辛抱強くがまんできるひとだし。

信長の指名で打席にたったのは、今日はひかえにまわっていた徳川家康。

たしかに道三のボールを間近で見ていない家康なら、ピッチャーを交替した影響を受けていない。明智光秀が投げるボールをわざとファールにして、チャンスがくるのを待っている。

「なるほど……。朝廷から称号をもらい、死後に神さまになった家康さんなら、代打の神さまにピッタリってことか……」

高臣クンはまじめな顔でつぶやく。理由がめちゃくちゃなのには自分で気づいてないみたいで、あのまじめな高臣クンがだんだん地獄色にそまっていくのが心配だ。

「クソ……。いいかげんにしろよ、家康め……」

はあはあとマウンドで息をきらす明智光秀。彼はこめかみから伝う汗を、めんどくさそうに腕でぬぐった。かなりつかれているみたいだ。

「ほっほっほ。なさけないのう。光秀よ、これくらいのことでへばっておるから、四百年前も三日天下に終わったんじゃ」

「うるさい！　十一日天下だ！　何回もいわせるんじゃない！」

明智光秀は頭をかきむしりキーッと怒って、「くらえ！　本能寺シリーズ！　老ノ坂越えスライダー！」と、背中からまわした腕をふり抜いた。でも！

「あっ！　あまい！」

ぼくはベンチでたちあがる。明智光秀が投げたボールはすっぽ抜けで、ストライクゾーンのそのど真ん中にはいってきていた。

「しまったあ！」

「ワハハ！　光秀！　こんな挑発にのるとは、四百年たっても変わらぬヤツよ！」

ねばり勝ちした徳川家康は高わらい！　ここからバットをふってヒットをねらうのかと思ったら、徳川家康はサッとバットを寝かせる。そしてボールにコツンとあてた。

「バントッ？」

そういえば徳川家康、ぼくが地獄にきたさいしょの試合でも、セーフティバントでヒットをねらってたっけ。あのときは馬を使って反則アウトになっていたけど……。

「でも、今回ははしってるよ、ほら！」

ヒカルがグラウンドを指さす。

そこでは家康がドスドスと必死の形相で、もうぜんと足を回転させていた。足はけっして速くない、速くないけど、なんだか鬼気迫るものを感じる走塁だ。

「ボールはっ？」

見ると家康があてたボールは、コロコロとゆっくり三塁方向にころがっている。

ふつうならアウトになりそうなタイミングだけど、でもキャッチしにいった明智光秀と浅井長政がお見合いになって、どっちがボールをとるかでちょっともたついている。やっぱり、守備の連係がうまくいってない。

「ど、どうだっ！」

もうバント作戦はやめたと見せかけて、九回のここでしかけてきたんだ！　代打でバントなんて、かなり裏をかいた作戦だぞ！

「お、おのれえ！」

ボールはけっきょく明智光秀がとって、すばやく一塁に送球。すると家康は、

「神君伊賀越えヘッドスライディング！」

と、一塁に頭から飛びこんでいく！

そして ザザーッという音とともにファーストベースにはもうもうと砂ぼこりがあがり、地獄甲子園にいる誰もが見通しの悪いその中に目をこらした。

アウトか？　セーフか？　どっちだ？　全員が手をにぎり、その判定を待つ。

すると全員の注目をあびる塁審の青鬼は、「アウ……」と、いったんあげかけた手をもどして、そして真横にひらくようにその腕をピンとのばした。

「セーフ！」

家康の勝ち！　恨みだけで集まったチームのもろさをついた作戦だ！

「クソッ！　またしても家康めをとり逃がしたか！」

明智光秀は「いーっ」とくやしそうにうなり、足をドンドンとふみならす。

逆にファルコンズベンチは、「やったあ！」「いいぞ！　家康どの！」と、お祭りみたいなふんいきにつつまれた。みんなが手をつきあげて大声をだし、完全にイケイケなムード。

でも……、

「神君伊賀越えヘッドスライディングってなんだろう？」

ぼくが口にすると、高臣クンもわからなかったのか首をかしげた。そしてふたりして一緒にヒカルを見ると、彼女はにっこりわらって説明をはじめてくれる。

「神君っていうのは、もちろん家康さんのことね。さっき高臣クンがいったように、家康さんは死後に朝廷から称号をもらって神格化……、つまり、神さまと同じように扱われたんだ」

「じゃあ、伊賀越えはなんですか？」

高臣クンがメガネを押しあげて聞くと、ヒカルはピンとひとさし指をたてた。

「伊賀越えっていうのは、家康さんがとおったルートのこと。えっと、本能寺の変があったとき、家康さんは堺でウインドウショッピングしてたんだけど」

「ウ、ウインドウショッピング……」

「でも、信長さんがやられちゃって、これはたいへんだ！　ってなったんだ。だって家康さんは信長さんの味方だし、堺には旅行にきてたからね。明智光秀さんにおそわれたらひとたまりもなかったの。だから忍者たちの助けも借りながら、あわてて伊賀越えをして、なんとか地元までたどり着いたんだよ」

「そ、それで……」

信長は家康のことを、この場にふさわしい代打っていったんだ。だって史実の上で、家康は明智光秀につかまらなかった。そしていまも、神君伊賀越えヘッドスライディングで明智光秀から逃げきった……！　信長はここまで計算して！

「す、すごいね、高臣クン……」

「ああ。ヒカルさんはなんでも知ってるな……」

高臣クンは、ポッとほっぺを赤らめる。たしかにヒカルもすごいけど、ぼくがいいたいのはそっちじゃない。

「さあ、準備はととのったようだのう」

こころの中でつっこんでいると、ゆっくりとネクストバッターズサークルでたちあがるのは、ファルコンズの四番、織田信長。ふるまいや動作にはよゆうがあっても、眼光はとてつもなくするどく、他のひとにはない圧倒的な空気を持っている。

「虎太郎」

信長は目だけをこっちにむけて、ぼくの名前を呼んだ。ぼくはその迫力に言葉がのどにつっかえてしまって、つい目で返事をしてしまう。すると、

「ピッチングの準備をしておけよ」

信長は表情を変えずにそういい、打席にむかってのっしのっしと歩いていった。いつもどおりの、ちょっといまから軽く素振りでもしてくるよって感じで。

「う、うん！」

ぼくはやっとのことで言葉がでて、信長の背中に返事をした。

だって投げる用意をしろってことは、九回裏のイニングがあるってこと！　ようするに、自分の打席で同点以上にしてやるって意味だ！

やっぱり信長！　ここぞって場面のたよりがいはケタちがい！

「さて、光秀よ」

信長は打席にたつと、まだ息をきらしている明智光秀に話しかけた。

「どうだった、家康の待ち球戦法は。なかなかいい運動になったのではないか？」

「な、なんだと？」

明智光秀は汗をぬぐいながら、信長に聞きかえした。

「プライドの高い貴様のことだ。本当ならさいしょから貴様が投げて、ワシをおさえたかったであろう。が、そうしなかったのはなぜだ？」

「う、うるさい！」

明智光秀はあせりながらこたえる。――なにか、ひみつがあるのか……？

「まあ、よい。いいたくなければ、ワシが代わりにこたえてやる」

信長がいうと、明智光秀はサッと顔色を変えた。見抜かれてちゃマズいことがある。そんな表情だ。

「いいか。貴様は三日で終わった天下がしめすように、長い時間フルパワーで戦えない。スタミナに不安があるのだ。だから自分でさいしょから投げずに父上を味方にし、一計を案じたのであろう？」

「うう、うるさいうるさい！　十一日天下だっ！」

「フン。どちらでも同じこと。ただこの試合では計算がくるったな。一イニングもはやく投げさせられ、家康の待ち球戦法だ。さいごのコントロールミスはぐうぜんではあるまい」

信長はバットでビシッと明智光秀を指した。はげしく動揺して、あとずさる明智光秀。

「明智光秀さん、まさかスタミナが、もうない……？」

高臣クンがつぶやくけど、

「ううん……。そういえば、覚えがあるよ……」

ぼくはマウンドの明智光秀を見つめたまま口にした。

だって一回裏でも一塁にはしっただけで息がきれてたし、ピッチャーとして登板したときだって、「つかれるのはきらいだ」みたいなことをいっていた。あれ、すぐにつかれちゃうから、いやだって意味だったんだ。

「さあ、明智光秀よ！」

信長は明智光秀を見つめたまま、バットをたてた。そして腰をおとし、グッと力のはいったかまえをとる。

「もう貴様のスタミナなど、ほとんどのこっておるまい。その体でワシと戦えるかな？」

「ふ、ふざけおって……！」

明智光秀は汗をぬぐいながら、信長にいかりをこめていいかえす。

「信長！　おまえはむかしからそうだ！　それがしをバカにして、見下す！　いつもいつも！　だからそれがしはおまえのことが！」

明智光秀は足を大きくあげてマウンドの土をけると、感情をぼくはつさせるように背中から腕をまわす。そして目じりをけわしくつりあげ、

「大っきらいなのだあ！」

と、ハンマーでも打ちおろすように、腕をはげしくふり抜いた。

——唐櫃越えストレート！

つかれているぶんだけ球威もコントロールももうひとつだけど、でも、すさまじい感情がこめられたボールだ！　目もギラついていて打たせないって気迫に満ちているし、それに信長の目には、たぶんまだ道三の球が焼きつけられている！　打てるか？

ぼくは固唾をのんで、ボールを見守る。すると信長はバットをピクリと反応させ、

「——あのころはワシも若く、貴様には悪いことをした。後悔している」

と、つぶやくように口にした。あの信長が弱気に？　降参宣言？　——いや。

「しかし、我らは負けるわけにいかぬのだ！」

信長は雄叫びをあげると、そのバットを一閃させた。

それは目では見えないくらい、するどいスイングだった。ふったと思ったらもうふり抜いていて、そしてあてたボールははるかセンターの頭上を飛び、ガツンとバックスクリーンにぶつかっていた。

どこかから聞こえた「あ……」というつぶやきが、誰のものだったかはわからない。みんなシンと静まりかえっていた。

わかるのは、信長の打球が逆転ツーランホームランになったこと。そして明智光秀が、ヘナヘナとマウンドにくずれおちたということだけ。

「す、すごい……」

やがてぼくがなんとか言葉をひねりだすと、ようやくワッと地獄甲子園に、あるべき騒がしさがもどってきた。ベンチもスタンドもこの大会では最高のけたたましさで、それを聞きながら信長はホームをふみ、そしてぼくの前にたった。

「虎太郎よ」

信長はぼくの名前を口にする。つばを飲みこんで言葉のつづきを待つと、

「ピッチングの準備はできておるか？」

ニヤリとわらい、信長はそういった。ぼくはそれに精一杯の声で、「うん！」とこたえた。

九回裏

こらえていたのに、とうとう負けてしまった。

九回裏をむかえ、大歓声がひびく地獄甲子園。ぼくはガックリ肩をおとし、ため息をついてファーストを見る。

そこでは細川ガラシャが、「ごめんあそばせ」なんていいながらベースの上にたってて、そしてそのうしろでは細川忠興が、まだじっとぼくをにらんでいた。あの視線のプレッシャーに負けて、ぼくは細川ガラシャにフォアボールをあたえてしまったんだ。

せっかくこの回先頭のサイボーグ松永久秀（ポンコツ）を三振にとったのに、よりにもよって四球でランナーをだしてしまうなんて……。

「だしてしまったランナーはしかたない。きりかえろ」

高臣クンがタイムをとって、マウンドまできてくれた。

「うん……。でもこれでダブルプレーにでもならないかぎり、四番の道三さんにまわっちゃうよ……。そうなったら大ピンチだし」

「おまえはテストで三十点とっても平気な顔なのに、野球のこととなると心配性だな」

「い、いま関係ないじゃん」

いやなことを思いださせないでほしい。

「まあ、虎太郎。たしかにおまえのいうとおりこのままだと四番にまわるが、もうしかたがない。ただピンチをひろげないよう、つぎの明智光秀さんは確実にアウトにするぞ。ていねいにな」

「う、うん……」

だいじょうぶかな……。明智光秀、たしかに道三ほどの迫力はないけど、それでも今日は二安打。しかもその内一本はホームランだ。やっぱり恨みや憎しみの力って、簡単におさえられるものでもないんだろうなあ……。

高臣クンが帰ったあと、そんなことを思ってボールを見つめていると、

「このまま……、逃げきれると思うなよ」

低い声とともに、打席には明智光秀がたった。ひどく殺気だった目でぼくを……、いや、ファルコンズ全員を見まわしている。

「よく聞け、ファルコンズ、いや、地獄の者たちよ！」

明智光秀はそういうと、髪形をなおして三塁側を見つめた。なんだろうと思って見るとそこにあったのはテレビカメラで、たぶんテレビうつりを気にしてる。

「よいかっ。ようやく今日、わが恨みが晴らされようとしている！　試合に勝ち歴史を操作して、本能寺の変をやりなおしてなあ！　現世で秀吉にやられてからこっち、三日天下とからかわれ、死にたいくらいの屈辱にたえてきたかいがあったわ！」

もう死んでるじゃん……。

「ああ、ここまで長かった……。想像できるかね、しょくん。生きていたころは信長にバカにされ、それをたおしたらつぎは秀吉にやられてしまった。もう一度あのときにもどり、あのえらそうなヒゲとサルをたおさなければ、それがしの気がおさまらぬわ！」

「だからって！」

仲間をバカにされ、ぼくは手をにぎっていいかえす。

「歴史を変えていいことにはならないよ！　それにいまはぼくたちが一点リードしてる！

勝つのはぼくたちだ！」

「たしかにリードしているのはおまえたち！　しかし九回裏にそれがしと道三どのに打順がまわったのが運のつきよ！　かかってこい」

明智光秀がバットをたてると、

「いわれなくても！」

ぼくもたちむかうように、かまえをとった。頭の中には、このひとに負けたくないという気持ち、負けちゃダメだという気持ち、そして歴史を守るんだという使命感がメラメラともえてきていた。

『虎太郎クン！　Fマークがまた！』

ヒカルの声が聞こえた。

そう、きっとぼくのFマークは、またかがやきをはなっているんだろう。わいてくる力が、今度こそ相手をたおせとぼくにいっている。

わかってるよ。いま、ここがぼくの力を見せるときだ！　いくぞ！
こころでそう叫ぶとぼくは足をあげて、それをドスンと前にふみこませた。
そして胸をひっぱるように右腕をしならせて、高臣クンのキャッチャーミットめがけ、指先からボールに思いきりの力を伝える。――かんぺき！

「くっ！」

明智光秀は苦しい顔になりながらバットを反応させた。そしてなんとかあててくるけど、それはバットの根元。このままだとキャッチャーフライだ！

「よしっ！」

ぼくはガッツポーズ！　でも！

「それがしを、あまく見るなよっ！」

明智光秀は憎しみとプライドをもやした目で、ボールをにらんだ。そしてさいごの力をふりしぼるようにバットをふり抜く。

するとボールはふり抜いたぶんだけ前に飛ぶけど、それでもなんてことない小フライ。
これで勝負には勝った。でも……。

「マ、マズい！」

フライはフライだったけど、飛んだところがちょっとよくない。ライトの秀吉とファーストの信長のちょうど間くらいの場所で、誰もキャッチにはまにあわずに、

「ああっ！」

ボールはポーンとグラウンドではねて、ポテンヒットに！

「このままじゃマズい！」

ぼくは守備陣に声をだす。細川ガラシャの足は速くないけど、それでも二塁をけって三塁にむかってる。確実にセーフのタイミング！　なのに！

「ハゲネズミ！　三塁に投げろ！」

信長が一、二塁間にたって命令！　投げても絶対セーフだよ、どうして？

「しょうちしましたっ！　中国大返し！」

「ダメ！　いくらなんでも三塁はまにあわない！」

「ヒャハハ！　しょせんはサルの浅知恵よ！」

いったん一塁でとまった明智光秀も、秀吉の三塁送球を見てスキありと二塁にむかう。

そして一、二塁間にたつ信長をわらうように走塁していった。

ヤバいぞ。これじゃランナー三塁一塁ですんだところが、三塁二塁になってしまう。完全に秀吉と信長のミス！　そう思って秀吉を見ると……、

――わらっている？　どうして？

一瞬そんな疑問がうかぶけど、それはすぐに解決した。

「詰めのあまさはあいかわらずよ、光秀」

一、二塁間にたつ信長はニヤリとわらうと思いっきりジャンプして、なんと秀吉が投げた矢のようなボールを、カットするようにキャッチ！　そしてグラウンドに着地し、のばした腕をグルンとまわして明智光秀にタッチした。

「な、なんだとっ！」

明智光秀は口をあんぐり開け、自分にふれている信長のグラブを見る。中にはたしかにボールがあって、それをかくにんした審判は「アウト！」と、腕を大きくふりおろした。

すごい！　相手をだますトリックプレーだ！

「これぞファルコンズの守備。山崎の守備とでも名づけようか。まあ、恨み憎しみだけで

集まった貴様たちのチームには、できぬ守備だ」

信長が明智光秀に話すのを、ぼくはマウンドでながめる。たしかに相手はバント処理とかにとまどっていて、守備の連係はうまくいっていない印象だ。

「光秀。野球だけではない。ひととは恨みや憎しみでは、けっしてまとまらぬもの。全員をひとつにするのは……」

「するのは？」

くやしそうに光秀が聞きかえすと、信長はふっとわらった。

「――なんであろうな。賢い貴様にもわからぬものは、ワシにもわからぬわ」

「フン！」

よくわからないこたえを聞いた光秀は、プンプン怒ってベンチに帰っていく。

でも、ようやくこれでツーアウト！　ぼくは手をグッとにぎった。

あと少し。あと少しで、ぼくと高臣クンは、命を完全に元にもどすことができる。そしてこれまでみんながきずいてきた歴史を守れるんだ。

「やってやるぞ……！」

小声でつぶやくと、

「ふ……。試合前よりもデカくなったようだな、小僧。さあ、敬遠か敗北か、選ぶがいい！」

威圧するような重々しさで、打席にはいるのは斎藤道三。――ついにきたか……。

ぼくは体を前にむけなおし、深呼吸をした。

どうする？　ランナー三塁でファーストベースはあいているし、敬遠してもいい状況だ。

だけど……。高臣クンを見ると、勝負しようという視線を送ってきた。そしてぼくも、
それには賛成だ。

だって信長は斎藤道三のトリックを見破ったとき、わざと相手チームに逃げ道をつくって反則負けにせず、勝負をつづけた。それはきっと斎藤道三や明智光秀との決着をつけたかったからで、それならぼくがここで逃げるわけにはいかない。

さあ、勝つにしても負けるにしても、この打者が地獄甲子園のさいごの打者になるだろう。だけど、おそれることはない。目指した優勝に王手をかけているのは、ぼくたちファルコンズなんだから。

「ストライック！」

　ことさら大げさに審判の右手があがると、おおっと歓声があがった。

　このストライクで、ついにあの斎藤道三を追いつめた！　ノーボールツーストライク！

　でも……。

「ヌッフッフッフッフ……」

　追いこんだのはこっちなのに……。なぜか斎藤道三はキャッチャーミットにおさまったボールを見て、不気味にわらった。

「小僧よ。よくぞ勝負を選び、我をここまで追いつめた。思ったよりもやりおるわ」

「そりゃ、これくらいできるよ。あまく見ないで」

　ぼくは強気にいいかえした。だってぼくのＦマークはかがやいたままで、カウントはツーストライク。場内にひびくあと一球コールは、つぎにぼくが投げるボールで、試合が、地獄甲子園が終わる、そういう状況をしめしているんだから。

「道三さん。ここまではさんざんやられたけど、もう打たせないよ。信長さん……、ううん、ファルコンズがすごいんだってこと、見せてあげる」

「信長とファルコンズのことは、とうにわかっておるわ。だが、うぬはどうかな」

「？　ど、どういうこと？」

「ふ……。まあよい、小僧。ここまで投げた褒美だ。もう一度これを見せてやろう」

斎藤道三がそう口にしたら、とたんにまわりが緊張した。ゴゴゴゴ……、と、空気がふるえるようにはりつめ、そしてその中心の斎藤道三を見たぼくは、

「うっ……！」

と、おもわずうめいてあとずさる。

その髪のない頭にはホームランを打たれた三回と同じように、Ｆマークがくっきりと焼きついていたから。

「さあ、これでＦマーク同士の対決だ。うぬらをたおし、この道三は天をにぎる！　地獄甲子園！　ファルコンズをほうむるのに、ここより他の場所はないわ！」

「まっ、負けないっていってるでしょっ！」

たしかにさっきは打たれちゃったけど、だけどＦマークはぼくにだって光っている。そ

れに高臣クンも何度か道三の打席は見ているし、配球も計算されているはずだ。

だからぼくのＦマークと高臣クンのリードがあれば、たぶん勝てない勝負ってわけじゃないはず。今度はきっちりとアウトにしてやる。

そう思って、ぼくは高臣クンのキャッチャーミットを見た。それは外めにかまえられていて、打たせてとるようなリードだ。

——どうせなら、三振をねらいたかったけど……。

でも、高臣クンがそう考えるんだったら、ぼくは信じる。

「いくよ！」

ぼくは宣言するようにいうと、かまえをとった。

「こいぃ！」

斎藤道三も頭のＦマークをいっそうかがやかせ、バットをかまえる。——さいごの勝負だ！

ぼくは目を強くして、ステップをふむ。そして背中から腕をまわしてバネのように体を弾ませると、高臣クンのミットめがけて、

「神風ライジング！」

と、全力の勝負球を投げこんだ。――よし！

コントロールもスピードもバッチリ。これなら……。

「あまいわ！」

ひびきわたる道三の声に、ぼくは「えっ？」とつぶやいた。あの神風ライジングがあまい？　そんな、まさか！　と思っていると、

「ぬうおお～！　マムシ打法！」

斎藤道三は叫び、パワフルなスイングでボールをとらえた。

それは一瞬の出来事だった。

道三のふるうバットは、そこにこもる力が目に見えるようにみなぎっている。ぼくのボールなんてまるで蚊をはたきおとすように、一塁線を伝って軽々とふっ飛ばされた。

「うそ……」

ぼくは打球を目で追う。やがて球はフェンスのむこうへとライナーで消えていき、斎藤道三は勝利を宣言するように、腕をつきあげてはしりだした。

目の前で起きたあまりのことに、スタジアムは静まりかえっていた。

――うそ……？

ぼくはこころの中で、言葉をくりかえした。

え？　逆転サヨナラホームランを打たれてしまった？　そんな……。

ぼくはマウンドにがっくりとひざをつく。絶望的だった。なにもかもが暗闇にしずんでいくような、そんな気持ちだった。だけれど……。

「ファール、ファール！」

すぐにすくいのようなコール。

おもわず「えっ」と目をやると、一塁塁審の青鬼が頭の上で手をあげていた。

その視線を追ってフェンスのむこうに目をこらすと、「ボールが飛んできた」と、騒いでいるお客さんたちは、どうやらファールポールの外側にいるひとたち。かなりギリギリのとこだけど、ファールになったみたい。

「た、助かった……」

全身から力が抜けていく。がけからおちる夢のあとに目を覚ましたような、命をすくわれたような安心感が身をつつんだ。でも……。

「フン。運のいいヤツよ」

斎藤道三はそういって、打席に帰っていく。

そう。状況はなにも変わらないんだ……。

むしろ斎藤道三の圧倒的な力を見せつけられて、ぼくの中におびえみたいな感情が生まれただけ。いまのファールでわかったたしかなことは、ぼくではどうやったって、あのひとにかなわないってこと。つぎのボールを投げても、たぶんあのパワーとバットコントロールでスタンドにはこばれる。どうすれば……。

あきらめのような気持ちが、胸にうずまく。すると、

「すまん、虎太郎」

高臣クンが、またマウンドにきてくれた。でも……。

「？　どうして高臣クンがあやまるの？」

首をかしげて理由を聞くと、高臣クンは斎藤道三をチラリと見ていった。

「さっきの、おれのリードだ。どうしても道三さんのホームランが頭にあって、弱気に

なってしまった。けっかとして特大ファールを打たれた」

　それで、外めにミットをかまえていたのか。

「……だけど、高臣クンが強気にリードしてくれていても、たぶん打たれてたよ。残念だけど、実力がちがいすぎるよ……」

　ぼくがいったら高臣クンはしばらくだまって、

「…………敬遠、するか？」

と、めずらしくえんりょがちに聞いてきた。高臣クンらしくない口調だった。

　そしてそれを聞いたぼくは迷う。きちんとした決着をつけるのなら、この打席だけは敬遠はできない。でもたしかに高臣クンがいうとおり、勝つための方法はそれしかない気がした。──クソ！

　くやしさが胸を押しつぶそうとする。そしてぼくがくちびるをかんだ、そのとき。

「虎太郎どの！」

　どこからか、ぼくを呼ぶ声が聞こえた。誰？　声をさがして一塁側の客席を見ると、

「あっ！」

そこには大勢のお客さんにまぎれ、手でメガホンをつくって叫んでいる男たちがいた。

「虎太郎どの！　貴殿のサムライ魂は、こんなものではあるまい！」

「そうだ！　迷いをなくせ！」

よく見ると、それはなんと地獄甲子園一回戦で戦った、巌流島ソードマスターズの佐々木小次郎と宮本武蔵。

「ふたりとも……」

おもわぬ応援に、ぼくはアツいなにかをもらえたような気がした。あの戦いを思いだし、メラメラとこころにもえる、そんななにかを。しかも、うれしい応援はあのふたりだけじゃない。

「裏方でがんばる者のためにも、おまえは勝たなきゃならねえ！」

「わたしたちに勝った君ならできるはず！」

バックネット裏には、琵琶湖シュリケンズの猿飛サスケと霧隠才蔵が！

「運を味方につけるのだ……、と、虎太郎クンを応援する吉宗であった！」

「ぼくちゃんたちの分まで！　野球と日本をたのみますよ！」

三塁側からは日光ショーグンズの徳川吉宗と徳川家光！

「勝負とは！　気合いである！」

「目的にむかって、つきすすむのだ！」

外野から聞こえるのは、すさまじく大きな声。姿は見えないけど、たぶん新撰組ガーディアンズの近藤勇と土方歳三だ。——みんな……。

　マウンドで感動していると、

「あー、あー、聞こえるかね、虎太郎クン、高臣クン。観戦チケットがとれなかったので、アナウンス室から失礼するのである」

なんと場内アナウンスを使って、大音量が流れてきた。この声は世界ワールドヒーローズのナポレオン！

「正々堂々をつらぬく君の辞書には、不可能という文字はないのである。勝つのである！」

「ナ、ナポレオン閣下。はやくしないとそろそろ警備の鬼がくるでーす……、うわああ」

と、たぶんダ・ヴィンチ。

ああ、いままで地獄甲子園で戦ったみんなが、応援してくれているんだ。どのチームとも試合前は対立していたのに……。

そうだ。ぼくはまだ負けてない。そしてあのひとたちに勝てたぼくは、きっと誰が相手でも負けないし、負けちゃいけない。これまで試合をしてきたどのチームからも、思いをたくされているんだから！　負けられない理由が、ぼくにはある！

「高臣クン」

みんなの思いを受けたぼくは、『勝負する』という意思をこめて、高臣クンを見た。すると高臣クンは視線だけでわかってくれて、

「勝とう」

と、ポンとぼくの腰をたたき、キャッチャーボックスに帰っていく。

――いよいよ勝負のときだ。ぼくには勝って伝えないといけないことがある。とりもどさなきゃいけない命がある。守るべき歴史だって！

「それでこそ、ファルコンズがほこる最強バッテリーよ！」

高臣クンが座ると、一塁から声が聞こえた。

視線をうつすとそこには満足そうな顔をした信長が、腰に手をあててぼくたちをじっと

OKEHAZAMA
Falcons

見ていた。きびしいけどやさしい、いつもの目だった。

「虎太郎に高臣！　ベストをつくしたけっかなら、どうなろうともかまわぬ。それも貴様たち……、いや、我らファルコンズがつくった未来だ。胸をはって、ただ全力で挑め！」

「信長さん……」

いってグラウンドを見渡すと、信長だけでなくファルコンズのみんながぼくたちを見守っていた。伊達政宗も毛利元就も真田幸村も徳川家康も井伊直虎も、ついでに秀吉も。

――ぼくらは、みんなの期待を背負うんだ。

「いけい！　未来にむけて！　貴様たちを信じておる！」

信長が号令をだす。ぼくと高臣クンはうなずいて返事をして、すると、

『あっ！　見て、虎太郎クン！』

頭の中にヒカルの声。『なに？』と聞くと、ヒカルはさらに声のボリュームをあげた。

『あれ！　高臣クンのＦマーク！』

『高臣クンの？』

いわれて見たぼくは、「ああっ！」と、おもわずそんな声をだしてしまう。

なぜなら高臣クンのプロテクターのFマークが、キラキラとまぶしく光っていたから！

きっとみんなの思いを受けて、高臣クンのベースボールスピリットも覚醒したんだ！

「虎太郎！」

いつもは無表情な高臣クンが、かがやく自分のFマークを見て、うれしそうにぼくの名前を呼ぶ。ぼくはそれに、大きくうなずいてこたえた。――これならいける！

「ふっ。お膳立てはととのったようだな」

希望にこころをふくらませていると、打席から斎藤道三が声をかけてきた。

「――うん。つぎは負けないから」

「楽しみだ。しかしほろびるがいい、歴史とともに」

斎藤道三はいって、バットをたてた。

さっきまではその姿に恐怖を感じていたけど、いまはもうだいじょうぶ。腕をふって全力で投げられる。それに――。

ぼくは高臣クンのキャッチャーミットを見た。

いま、それはストライクゾーンの高めにかまえられている。そこは投手を信じ、そしてこころの強さがないとかまえられない場所。きっとFマークが、高臣クンに勇気をあたえている。

「いくよ。さいごの勝負だ」

「フン！　うぬのやわなボールでは、この道三から空振りひとつとれぬわ！」

ぼくは道三とさいごに言葉を交わすと、ありったけの勇気をこめて足をあげる。力をこめてステップをふむ。気持ちをこめて背中から右腕をしならせ、そして、

「真・神風ライジング！」


と、渾身の一球を、ミットめがけて投げこんだ。

ボールは空気をきりさきうなりをあげて、一直線に光りかがやく高臣クンにむかっていく。まるで一本の糸でつながっているように！

「この球は！」

斎藤道三はおどろき、目を見ひらいた。きっと予想よりボールに勢いがあったんだろう。

だけど、それもそのはず。そのボールには、みんなの思いが詰まってる！

「いっけえ！」

おもわず声にだすと、

「ぬうおおお〜！」

斎藤道三がとくいのマムシ打法でボールをあてにきた。

そのクネクネまがるバットコントロールはさすがで、それはぼくが投げたボールの軌道を見事にとらえているようにも見えた。

祈るような気持ちになった一呼吸あと。──どうだ？ 打席からひびくのは、かん高くキィンとボールを弾くバットの音。

──打たれた？ まさか！

ドクンとぼくの心臓ははねあがる。

目の前の打席では、たしかに斎藤道三がバットにボールをあてていた。

だけどそれは芯ではとらえられずうしろに飛び、そしてFマークを光らせた高臣クンがすさまじい反射神経でミットを移動させると、ボールは回転しながら見事にその中へおさまった。

パァンとなにかが破裂するような音が、静まりかえった地獄甲子園に鳴りひびく。

その瞬間だけは、誰もが息をのんで打席を見守っていた。

こ、これは……、どうなるんだ？　たしかバットにあたって、するどくうしろへ飛んだボールをキャッチャーがとったということはファールチップになって……。え、ファールチップ？　っていうことは！


「ス、ストライク！　バッターアウト！」

審判が右腕をあげると、

「や、やったああああああああああ！」

ぼくは反射的に、マウンドの上で飛びはねる。するとグラウンドからファルコンズの選手がダッシュでいっせいに集まってきた。みんなとてつもなくうれしそうな顔をしていてぼくをたたき、

「やったな」

そういう高臣クンと、ぼくはさいごにあくしゅをした。

そしてふと斎藤道三を見ると、彼はバットをふり抜いた姿勢のままで空を見あげていて、それはどうしてか、とても満足しているように、ぼくには見えた。

「見事だ、わが子よ……。このボールなら、合格だ……」

斎藤道三はそう口にした。その言葉をふしぎに思っていると、やがて審判がホームベースの前まで足をすすめる。そして待ちに待ったコール……、地獄甲子園がついに終了するそのコールを、スタジアム全体にひびかせた。


「ゲームセット!」

20××年(鬼暦六十年)11月22日 木曜日

地獄甲子園野球大会ついに決着!!

桶狭間ファルコンズ優勝!!!

戦国武将VS戦国武将 最強を決める決勝戦!!

桶狭間 4-3 本能寺

長いようで短かった地獄甲子園
う決戦の火ぶたが

今日、ついに切られた。ここまで生き残ったのは戦国武将チーム桶狭間ファルコンズと、同じく戦国武将チーム本能寺ファイアーズ。しかもおたがいのキャプテンには切っても切れぬ因縁があり、それだけでも見どころのある試合だ。まずは初回。先制したのは本能寺ファイアーズ。ツーアウトから明智がファースト強襲のヒットを放つと、続く斎藤がツーベースヒットでランナーを還す4番の仕事。斎藤
投げても切れ味鋭いスライ
うなる剛速球など投打に活
とどめは3回に放ったホー
ン。斎藤はこの大会のた
智がスカウトした助っ人
が、2打点をあげてその
応えた。だが同じ戦国武
ムの先輩、桶狭間ファル
もこのままでは終わら
回、桶狭間は本能寺の

地獄新聞

第3種郵便物認可

全試合をひとりで投げぬき、みごと胴上げ投手となった山田。

◇地獄甲子園　47,508人

決勝戦

				計
桶狭間	000	000	202	4
本能寺	101	000	100	3

勝山田
敗明智
本斎藤①　明智①　織田⑤

本能寺がリードのまま9回。桶狭間が意地のツーランホームランで逆転に成功。本能寺も裏に細川が出塁して意地を見せたが、反撃もそこまで。明智が走塁ミスで倒れると斎藤も三振で力尽きた。

桶狭間	打	安	点	本	率
(右)豊臣秀吉	4	0	0		.000
(中)井伊直虎	4	0	0		.000
(左)前田慶次	3	1	0		.333
打左 徳川家康	1	1	0		1.000
(一)織田信長	3	2	2	⑤	.666
(二)真田幸村	4	1	1		.250
(遊)毛利元就	4	1	0		.250
(三)伊達政宗	4	1	0		.250
(捕)川島高臣	3	1	1		.333
(投)山田虎太郎	2	0	0		.000

本能寺	打	安	点	本	率
(中)松永久秀	5	0	0		.000
(二)細川ガラシャ	4	1	0		.250
一投 明智光秀	4	3	1	①	.750
投一 斎藤道三	4	3	2	①	.750
(左)山中鹿介	4	0	0		.000
(遊)朝倉義景	3	0	0		.000
(三)浅井長政	4	1	0		.250
(右)長宗我部元親	3	0	0		.000
(捕)加藤清正	3	0	0		.000

決勝ホームランの織田

○織田信長（桶）

9回に決勝打となる逆転ホームラン
「相手投手が父上のままなら勝てなかった
だろう。
（川島）高臣がよく打ってくれた」

9回を投げきった山田

○山田虎太郎（桶）

最後は斎藤を三振にしてピンチを切り抜
「決勝戦だけあって手強い相手でした。
（9回の力投）高臣クンや、応援してく
みんなのおかげです」

8回からリリーフ

●明智光秀（本）

意地を見せるも最後は織田に打たれる
「かわいそうだから打たせてやった
（因縁について）……それはもうい
憮然としながらも、表情からは険が

能寺は明智のホー
突き放すが、7回終
田が斎藤二人説とい
の物言いを付ける。
ラメだと否定した
の影響があったの
ウンドにたったの
身。リリーフエ
をおさえたもの

夕日がさしこむ地獄甲子園。

観客の鬼や魂たちはとっくに帰っていて、グラウンドにいるのはファルコンズとファイアーズの選手だけ。そしてそんな中で、

「いやあ、君のような少年がファルコンズにはいってくれて、安心したわい」

「まったく道ちゃんのいうとおり。仲間をあざけられて怒るなど、見どころがある」

ハッハッハってわらう斎藤道三とパパ道三を前に、ぼくと高臣クンはポカンとたちつくしていた。

なんだか試合中とは打って変わって、ふたりとも親戚のオジさんみたいでとてもやさしい感じ。見た目は本当にそっくりだ。しかも道ちゃんって……。

「じつはのう。ファルコンズをつくったのは、ワシなのじゃよ」

たぶん斎藤道三のほうが、自分を指さした。それにはぼくも高臣クンもおどろき、

「えっ」って顔を見あわせてしまう。

話によると斎藤道三はいま、油田を掘りあて石油王になっていて、仕事がめちゃくちゃにいそがしいようだ。だから思うように野球ができず、泣く泣くファルコンズを引退して

しまったらしい。

「しかしのう。やっぱりファルコンズはわが子も同じ。気にしておったところ『Ｆマークを光らせる子供がいる』と、明智光秀に誘われ、ファイアーズの助っ人になったというわけだ。投手がいないというので、わがパパにも影武者をたのんでのう」

　こっちはパパときた。

「で、でも、道三さん……。それならファルコンズの助っ人になってくれたって……」

「敵のほうが、相手がよく見えるもんじゃよ」

　斎藤道三は、そういってウインクした。なにそのかわいい仕草。

　でも、たしかに斎藤道三がファルコンズをつくったって話なら、理屈にあうことはいろいろある。Ｆマークもそうだし、秀吉や家康たちの態度もそうだ。

　なるほど……。すべてはためされていたってわけか……。考えていると、

「虎太郎クン。高臣クン」

　斎藤道三が、ぼくたちそれぞれの肩に手をおいた。

「君たちのような若者がＦマークを継承し、ファルコンズを支えてくれるなら信長も安心

だろう。ちゅうとはんぱな若者なら血の池地獄にほうりこもうと思っておったが、君たちならまかせられる。これからもファルコンズをよろしくたのむぞ」

「え、うん……」

これからもってことは、またぼくたち地獄にくるってこと？　それはちょっとかんべん……。と思っていたら、「はいっ！」と、高臣クンがいさましい返事。

目はキラキラしているし、たぶん歴史上の有名人に見こまれてよろこんでるんだ。現世ではまじめだなあと思っていたけど、つきあってみるとなかなかクセのある友だちである。

そうしてぼくたちが話をしている一方で、

「く、くうう……」

と、地獄甲子園のグラウンドにはいつくばって、土をかき集めているのは明智光秀。

シューズケースも持ってきていて、どうやらそこに詰める気らしい。その表情はとてもくやしげで、きっと今回も恨みを晴らせなかったって感じだろうけど……。

「恨みを晴らせるぞっていうから、味方したのに……」

「しょせんは三日天下だよな」

明智光秀は仲間からもつめたい目をむけられていた。さすがにかわいそうだと思ったら、

「おろか者どもめ！」

天地を揺るがすような、信長の一喝がひびきわたる。

「たしかに光秀は敗れた！　しかしみずから行動し、戦いを挑んだこやつをわらっていい者がどこにおる！　光秀はたたえられるべきだ！」

信長は悪口をいっていた選手の前にたちはだかり、目をするどくした。それを聞いて、だまってしまうファイアーズの選手たち。

「の、信長……」

明智光秀は、ぐすんと泣いて顔をあげた。すると信長は光秀のほうをふりかえって、

「光秀よ」

と、やさしい声で語りかける。

「すまなかった。ワシは過去のこと、ずっと貴様にわびたいと思っておった。それがか

なっただけでも、地獄甲子園に参加した意義はあった」

信長はいいながら、グラウンドで四つんばいになっている明智光秀に手をのべた。

「光秀よ。過去は消せぬ。変えられもせぬ。だが目を開けよ。未来は無限にひろがっているのだ。貴様が許すならば、我らはいまこそ、思いえがく道をともに歩もうではないか」

「う、うう……」

明智光秀はちょっと迷うそぶりを見せたあと、

「――今回だけだからな……」

と、信長の手をとった。

そしてその光景を見たぼくは、ほとんど自然に拍手をしていた。

するとつられるように高臣クンが、ヒカルが、秀吉が、家康が、他のみんなも手をたたいた。ちょっととまどうようだったファイアーズのみんなもパチパチと手を鳴らし、グラウンドは拍手でつつまれた。それはとても温かいふんいきだった。

あとで、信長にはよかったねっていわないと。

大吉

ぼくはうれしい気持ちになりながら、同時に覚悟もかためていた。

――つぎは、ぼくの番だ。

現世

予定どおり、『歴史を変える権利』を、ファルコンズは放棄した。

超閻魔大王は「つまらんチームが優勝した」ってちょっとおもしろくなさそうだったけど、ぼくと高臣クンの命も元にもどされたし、たぶんこれが一番いい結末だったと思っている。

で、現世に帰ったぼくは警察を呼ばれたりしていてたいへんだったけど、どうにかごまかしてつぎの日曜日。竜二クンのチームとの試合。

「ごめんな、虎太郎、みんな」

試合前、竜二クンはウチのチームのベンチにあやまりにきた。ちょっと泣きそうで、きっとずっとこころにひっかかってたんだろうと思う。

「ごめんじゃないって、竜二。今日は覚悟しとけよ」

「そうそう。おれたちを裏切ったんだからな」

みんなはそういって竜二クンを責めた。けど、ここでベンチの前にたって、自軍をにらみつけるのは高臣クンだ。

「やめろ、おまえたち。きちんと謝罪している相手に失礼だろう」

高臣クンに、ぼくも「そうだよ」とつづく。

「竜二クン、ひとりであやまりにきたじゃん。勇気がいるよ。そんな友だちをいつまでも責めるなんて、おたがいによくないよ」

説得するような口調でいったら、みんな目をそらしてだまってしまった。たぶん全員がそう思っていただろうけど、もしかするとみんな、集団心理から抜けるのがこわかったのかもしれない。

「竜二クン」

ぼくはふりかえり、名前を呼んで手をのばす。竜二クンは、ぼくの言葉にちょっとふしぎそうな顔だ。

「あやまってくれたら、ぼくたちはもういいんだ。だから正々堂々、勝負しようよ。過去は変えられないけど、これからのことはつくれるから」

「う、うん!」

竜二クンはうれしそうに返事をしてぼくの手をにぎると、自軍のベンチに帰っていった。

みんなはやれやれって感じで、それでも悪くないなって顔でわらって準備をはじめた。そしてぼくは高臣クンと目があうと、自然に顔がわらってしまった。

――これでよかったんだよね?

ぼくは竜二クンの背中に視線をうつし、問いかけるような気持ちをうかべる。すると、

「あっぱれである!」

きびしいけどやさしい口調の声が、空から聞こえてきた気がした。

本作品に登場する歴史上の人物のエピソードは諸説ある伝記から、物語にそって構成しています。

集英社みらい文庫

戦国ベースボール

本能寺の変ふたたび!? 信長vs光秀、宿命の決勝戦!!

りょくち真太 作

トリバタケハルノブ 絵

ファンレターのあて先
〒101-8050 東京都千代田区一ツ橋2-5-10 集英社みらい文庫編集部
いただいたお便りは編集部から先生におわたしいたします。

2018年11月27日 第1刷発行

発行者 北畠輝幸
発行所 株式会社 集英社
〒101-8050 東京都千代田区一ツ橋2-5-10
電話 編集部 03-3230-6246
読者係 03-3230-6080
販売部 03-3230-6393(書店専用)
http://miraibunko.jp
装丁 小松 昇(Rise Design Room) 中島由佳理
印刷 大日本印刷株式会社 凸版印刷株式会社
製本 大日本印刷株式会社

ISBN978-4-08-321468-4 C8293 N.D.C.913 188P 18cm

もうひとつの
“頂点”目指して！
冥界を揺るがす
大騒動がぼっ発！
（＝閻魔大王のただの兄弟ゲンカ！）
無益な争いを止めるには……。
（＝野球で決着をつけるしか……）
ってことで、信長たちファルコンズが
ふたたび召集された！
（＝新しいトーナメントが始まるよ～）
わるいのはコイツ!!!
戦国ベースボール 第15弾
SENGOKU-BASEBALL
2019年春、発売予定!!!
コミックス『戦国ベースボール』第①巻
まんが・若松浩　原作・りょくち真太
キャラクター原案・トリバタケハルノブ
大好評発売中！
まんが版『戦国ベースボール』は
最強ジャンプ（偶数月刊）で
大好評連載中です！

「みらい文庫」読者のみなさんへ

言葉を学ぶ、感性を磨く、創造力を育む……、読書は「人間力」を高めるために欠かせません。
たった一枚のページをめくる向こう側に、未知の世界、ドキドキのみらいが無限に広がっている。
これこそが「本」だけが持っているパワーです。

学校の朝の読書に、休み時間に、放課後に……。いつでも、どこでも、すぐに続きを読みたくなるような、魅力に溢れる本をたくさん揃えていきたい。読書がくれる、心がきらきらしたり胸がきゅんとする瞬間を体験してほしい、楽しんでほしい。みらいの日本、そして世界を担うみなさんが、やがて大人になった時、「読書の魅力を初めて知った本」「自分のおこづかいで初めて買った一冊」と思い出してくれるような作品を一所懸命、大切に創っていきたい。

そんないっぱいの想いを込めながら、作家の先生方と一緒に、私たちは素敵な本作りを続けていきます。「みらい文庫」は、無限の宇宙に浮かぶ星のように、夢をたたえ輝きながら、次々と新しく生まれ続けます。

本を持つ、その手の中に、ドキドキするみらい――――。

本の宇宙から、自分だけの健やかな空想力を育て、〝みらいの星〟をたくさん見つけてください。

そして、大切なこと、大切な人をきちんと守る、強くて、やさしい大人になってくれることを心から願っています。

2011年　春

集英社みらい文庫編集部